山水行吟

董之海 著

群言出版社
QUNYAN PRESS
·北京·

图书在版编目（CIP）数据

山水行吟 / 董之海著. -- 北京：群言出版社，2023.8
ISBN 978-7-5193-0867-4

Ⅰ. ①山… Ⅱ. ①董… Ⅲ. ①诗词－作品集－中国－当代 Ⅳ. ①I227

中国国家版本馆CIP数据核字(2023)第159835号

责任编辑： 胡　明
封面设计： 闰江文化

出版发行： 群言出版社
地　　址： 北京市东城区东厂胡同北巷1号（100006）
网　　址： www.qypublish.com（官网书城）
电子信箱： qunyancbs@126.com
联系电话： 010-65267783　65263836
法律顾问： 北京法政安邦律师事务所
经　　销： 全国新华书店

印　　刷： 天津画中画印刷有限公司
版　　次： 2023年8月第1版
印　　次： 2023年8月第1次印刷
开　　本： 880mm×1230mm　1/32
印　　张： 10.75
字　　数： 230千字
书　　号： ISBN 978-7-5193-0867-4
定　　价： 43.00元

序 言

天地之形，山水之胜，天然造化，朴浑自成。神工凿琢，万般样貌，卓约多姿，妖娆淳雄。山明水秀，山画水诗，殊域互异，魅力无穷。山水为师，仁山智水，厚德上善，启迪人生。山水为友，酷山无语，灵水溪欢，物我交融。山水作伴，读山阅水，品味韵涵，恬愉赏行。回归自然，饱览河山，养眼释怀，怡情悦性。避嚣逸俗，牧放童心，自在悠优，无羁轻松。喜山乐水，自得怡然，乘兴游览，尽情放歌。感悟天地，寻情觅美，山水同醉，豁然开胸。山水道语，随性无忌，临境两忘，物外超升。山水行吟，写境抒情，寓托胸臆，真挚朴诚。山水生诗，心境生意，诗与远方，漫游诗梦。

天山南北，瀚漠旷野，戈壁盆地，冰峰雪巘。鸿荒峡谷，高原湖泊，碧野草甸，林岫瑶天。西域风情，异俗殊貌，古韵新颜，大美无限。西北寥旷，西夏王陵，驼铃孤烟，塞北江南。丝路走廊，绵延祁连，金张银武，睡佛彩岩。敦煌飞天，鸣沙月泉，首墩玉关，隘口金山。盐湖天眼，九曲净潭，黄陵壶口，麦积窟龛。广袤草原，蜿蜒天路，江湖泽畔，森林灵泉。江南灵秀，西子湖畔，集美至臻，天上人间。天府之国，峨眉秀色，九寨神奇，化境山川。武当道冠，神农秘境，云海林壑，地缝香源。齐鲁胜壤，人文厚淀，五岳独尊，巅顾众揽。天涯海角，椰风海韵，鱼浪银滩，听涛观澜。攒峦邃谷，五峰仙岭，飞瀑素练，涧溪流泉。热带雨林，古木参天，绮树藤缠，黛巘翠岚。郊阡乡陌，黎村苗寨，旖旎风光，南滇奇甸。京琼途览，中岳中原，凤凰芙蓉，武陵仙苑。南岳祝融，丹霞殊观，花城深圳，珠海港湾。天海佛国，庙堂古刹，梵音圣地，山岳道观。朝旭夕照，星辰浩月，鹰翔鹭翩，幻云绘天。梯山涉水，云行峰移，奇花异草，鸟鸣溪潺。灵山秀水，古墟雄关，高山大川，世遗大观。

游历天化之境，所到留笔，记述物象，描绘景致，记游随感。文字炼话，绘思任臆，愉悦无斁，抒笔畅谈。勤能补拙，斟文酌句，愧于穷辞，犹有馀憾。然唯愿托物娱情，独乐余暇，安于乐天，聊以遣闲。

利用日常之清暇，将之前旅游、疗养等兴来所写的部分诗体游记，修改成“近体诗”或词，加之新写的格律诗词，选编成册，命名为《山水行吟》。

内容分类：《大美新疆》是先自驾游南疆，后随团游北疆，所见所感；《环游西北》是自驾从北京出发，直奔宁夏，入河西走廊，翻越当金山口，折返青海，再进甘肃，经陕西、山西、河北回京，沿途所写诗词基本上按时间线汇编于此；《草原畅驰》是几次夏天炎热时节自驾内蒙和坝上草原消暑时游记；《齐鲁游记》是同学在山东聚会时所写；《武当神农》是随旅游团时的游录；《杭州憩赏》是在杭州疗养期间所作，其间曾到附近黄山游览，所写诗词合并于此篇；《天府佛国·梦幻九寨》是在峨眉山疗养期间及之后去九寨沟的旅游览历；《京琼途赏》是几次北京和海南之间自驾往返途中所到之处；《海南续篇》是继《候鸟集·海南诗叙》出版之后居琼期间续写的诗词，其中有几首是在海南期间去越南旅游时所写，故编排于此。

集子共计收录了310首诗词，其中，189首七律、36首排律、12首七绝、1首六律、5首五律、1首五言排律、66首词，涉及20种词牌。

各地游历多有家人李艳军、董雯、王晓平相伴而行，方得闲情逸致。

由于文字功力所限，芜词拙笔，难免有错误或疏漏之处，敬请雅正。

董之海

2021年9月6日于北京

2022年6月16日修于北京

目　录

大美新疆

环游西北

草原畅驰

齐鲁游记

武当神农

杭州憩赏

天府佛国·梦幻九寨

京琼途赏

海南续篇

大美新疆

苏幕遮·北京飞往乌鲁木齐

域西[①]行，萦梦境。珍宇[②]飞奔，目断穹空径。天际环辉呈珺璟[③]。似近穷追，距感恒同等。

俯身看，云海静。霜絮[④]轻纱，雪野[⑤]接冰镜[⑥]。流贯[⑦]蓝湖犹幻景[⑧]。衬映淡红，迥漠[⑨]揉霞影[⑩]。

2018 年 8 月 31 日上午于去乌鲁木齐飞机上

2020 年 7 月 20 日修于北京

注释：

①域西，莫贺延碛位于罗布泊和玉门关之间，现称“哈顺戈壁”，唐时此处以西皆称“域西”，就是今天常说的西域的起点。
②珍宇，天空的美称。
③珺，美玉；璟，玉发出的光彩。珺璟即美玉上的光芒。
④霜絮，白棉絮。此处指洁白的云絮。
⑤雪野，积雪的原野。
⑥冰镜，河水结冰，光亮如镜。
⑦流贯，流动贯穿。
⑧幻景，虚幻的景象，幻想中的景物。
⑨迥漠，旷远的沙漠。
⑩霞影，霞光。

塔里木（轮台）胡杨

大漠胡杨命抗天，
求生劣境斗风寒。
遒拔①屹仡②形豪气，
簇聚孤茕③貌傲然。
不倒亡身魂不散，
躯横不朽骨筋坚。
风摇飘炫姿娇婉④，
金叶披阳舞坠旋。
顽争壮厉⑤含凄美，
铁汉柔情展灿颜。

2018年9月2日中午于轮台胡杨林公园
2020年7月22日修于北京

注释：

①遒拔，雄健超拔。
②屹仡（yì yì），挺拔雄劲貌。
③孤茕（gū qióng），孤独，无依无靠。
④娇婉，柔媚。
⑤壮厉，刚直、强劲。

浣溪沙·温宿大峡谷[1]

赤壁丹崖[2]谷邃深，悬峰兀立壑峮嶙[3]。奇姿万象貌传神。

褶皱[4]缬纹[5]岩五彩，风雕雨刻物逼真。未见已知君任寻。

2018 年 9 月 2 日下午于温宿大峡谷

2020 年 10 月 3 日修海南清水湾

注释：

①温宿大峡谷，位于温宿县境内天山山脉中段南麓前山区博孜敦柯尔克孜民族乡境内，这里曾是通往南北天山古代驿路木扎特古道的必经之地，当地称之为“库都鲁克大峡谷”，维吾尔语意为“惊险，神秘”。

②丹崖，绮丽的岩壁。俗称红土崖。因土石皆呈赭红色，古有“小赤壁”之称。

③峮嶙（qūn lín），山相连貌。

④褶皱，岩层受力形成的一系列波状的弯曲变形。

⑤缬（xié）纹，彩色花纹。

浣溪沙·参观香妃墓[①]

玉体扬馨[②]谁晓谙[③]，姿容绝世哪真颜。史牒[④]未鉴据坊传[⑤]。

帝宠[⑥]只缘妃子妾，东陵[⑦]陪葬此衣冠[⑧]。游人觅趣访香园。

2018年9月3日晚于喀什星程酒店

2021年9月28日修改于北京

注释：

①香妃墓，坐落在喀什市东郊5千米的浩罕村。据说墓内葬有同一家族的五代72人。传说，埋葬在这里的霍加后裔中，有一个叫伊帕尔汗的女子，是乾隆皇帝的爱妃，由于她身上有一股常有的沙枣花香，人们便称她为“香妃”。香妃死后由其嫂苏德香将其尸体护送回喀什，并葬于阿帕霍加墓内，因而人们又将这座陵墓称作“香妃墓”（衣冠冢）。据考证，香妃并没有葬在这里，她确切的葬地是在河北遵化清东陵的裕妃园寝。

②扬馨，播散香气。

③晓谙，熟悉，精通。

④史牒，史册。

⑤坊传，坊间流传。

⑥帝宠，此指乾隆。

⑦东陵，清东陵，位于河北省唐山市遵化市西北30公里处，是中国现存规模最宏大、体系最完整、布局最得体的帝王陵墓建筑群。

⑧此衣冠，这里指香妃墓为衣冠冢。

江城子·喀什古城印象

凭高登览景何穷，瞰雕城[①]，悦趋行[②]。井陌磐萦，似尽又豁明。阛阓[③]巴扎[④]隅特色，新满目，遍韶容。

艾提尕尔[⑤]硕穹宫[⑥]，育才雄，世蜚声。美味隆名[⑦]，排档客喧腾。西域神奇咸萃聚，唯此见，异风情。

2018 年 9 月 3 日下午游记

2021 年 8 月 29 日整修于北京

注释：

①雕城，边塞。
②趋行，行步。
③阛阓（huán huì），街市、街道。
④巴扎，维吾尔语音译词，意为“集市”。
⑤艾提尕尔，清真寺。
⑥穹宫，高大的宫室、祠堂。
⑦隆名，盛名。

远游卡拉库里湖·叹观昆仑慕士塔格峰[1]及公格尔峰和公格尔九别峰

苍凉诡秘古葱岭[2]，
幽僻洪荒始貌容。
屋脊众巉[3]插玉柱，
奇擎日月耸穹空。
冰川倒挂飘髯鬣[4]，
誉父冰山屹峻雄。
霞蔚云峰多幻象，
神姿妙态尽峥嵘。
泓镜[5]龙颜[6]撷水色，
神话[7]邈远诉繁星。

2018 年 9 月 4 日于回喀什途中

2020 年 7 月 26 日修于北京

注释：

①慕士塔格峰，源于维吾尔语，意为“冰山”，位于新疆阿克陶县与塔什库尔干的交界线上。它犹如一位白发苍苍的老人，所以当地人称它为“冰山之父”。

②葱岭，指帕米尔高原的古称，古丝绸之路从此经过。

③巉（chán），山势险峻。

④髯鬣（rán liè），胡须。

⑤泓镜，此指卡拉库里湖，又称五彩湖。

⑥龙颜，此处指昆仑山。古人尊昆仑山为“万山之宗”“龙脉之祖”。

⑦神话，此指《山海经》。《山海经》中有许多与昆仑山有关的古老传说。

鹊桥仙·腾驾①独库公路②

天山横亘，遐隔③望雁④，纵贯北南路坦。伴行雪巘⑤耸青穹，月蓝⑥水、危巅俯瞰。

盘缘越堑，脊梁驰览，无限佳观目染。峭崖腾驾破云烟，豁然展，牛羊牧苑⑦。

2018年10月1日于北京西三旗

2020年7月28日修于北京

注释：

①腾驾，使车马奔驰，有凌空飞驾之意。
②独库公路，从独山子到库车连接南北疆的公路，全长561公里，被《中国国家地理》评选为“纵贯天山脊梁的景观大道”。
③遐隔，辽远的道路，阻隔的山川。
④望雁，天山南北阻断，只能看到大雁飞往。
⑤巘（yǎn），大山上的小山。
⑥月蓝，浅蓝色。
⑦牧苑，牧场，此处指巴音布鲁克草原。

游天山神秘大峡谷①

赤崖濬壑陷白山，
龙劈穷峡卧嵚巇②。
宽绰溪豁③吞日月，
危倾窄隘望纤天④。
悬峰雄险势奇秀，
错愕⑤岑崟⑥姿万端。
夕照朝暾斜幻影，
丹辉夺目焰红岩。
泉吟蝉嘒⑦鸟啁啾⑧，
穹谷蜿蜒貌异观。
幽境探究生感愕，
神工精巧造瑶颜。

2018年9月5日于天山大峡谷

2020年7月30日修于北京

注释：

①天山神秘大峡谷，位于新疆库车县（古称龟兹），又名库车大峡、谷克孜利亚大峡谷。
②嵚巇，山崖险峻。
③溪豁，开阔的山谷。
④纤天，一线天。
⑤错愕，意思是指山崖交错，嶙峋。
⑥岑崟（cén yín），山势险峻貌。
⑦蝉嘒（huì），蝉鸣。
⑧啁啾（zhōu jiū），鸟鸣声。

浣溪纱·巴音布鲁克天鹅湖[1]

湿地沼泽洲渚[2]连，丰容牧草旷无边。曲流云影映雪山。

嬉戏都鹅[3]浮渌水，徘翔逸羽[4]竞蓝天。融成画卷展殊观。

2018 年 9 月 6 日去那拉提草原 218 国道上

2020 年 8 月 1 日修于北京

注释：

①巴音布鲁克天鹅湖，是亚洲最大、我国唯一的天鹅自然保护区，栖息着我国最大的野生天鹅种群。位于新疆和静县巴音布鲁克草原内，天鹅湖是由众多相通的小湖组成的湖沼地。

②洲渚，是指水中小块陆地。

③都鹅（dōu é），野鹅。

④逸羽，疾飞的鸟。

游巴音布鲁克草原[1]·九曲十八弯[2]

雪山环抱遥呼唤，
一道潺沄[3]自远天。
栈恋徘徊情未了，
十八弯绕澹澶湲[4]。
金光夕照九阳[5]现，
协畅蜿蜒舒展延。
阔野青葱连碧宇，
悠然牧放饱甘餐[6]。

2018年9月6日中午于巴音布鲁克草原

2020年8月2日修于北京

注释：

①巴音布鲁克草原，主要位于新疆维吾尔自治区巴音郭楞蒙古自治州和静县西北的巴音布鲁克区境内。巴音布鲁克，蒙古语意为“丰富的泉水”。
②九曲十八弯，位于巴音布鲁克草原，是巴音郭楞内蒙古自治州和静县最著名的景点之一。
③潺沄（chán yún），缓流的水。
④澶湲（chán yuán），水徐流貌。
⑤九阳，意指夕阳从云缝中把万道霞光射向草原，九曲水中映出后弈射下的那九个太阳。
⑥甘餐，美味的饭食。

游那拉提草原①

天山腹地亚高甸，漫岗缓坡铺碧原。
峦壑峻峰形洽畅，墚塬②曲线貌横澜。
苍岑翠帟③璇穹④远，立体参差静境恬。
巇崿岩崒⑤披素裹，杉松郁秀起岚烟。
银白黛绿相辉映，涧谷林幽汩冽泉。
云絮毡房星道⑥落，闲花鸢草⑦彩蝶翩。
古昔此处频争战，今旦⑧空中⑨伊甸园⑩。

2018年9月7日中午于那拉提草原高处景区
2020年8月3日修于北京

注释：

①那拉提草原风景区，位于新疆伊犁州新源县境内，那拉提，蒙语是太阳的意思。自古以来就是著名的牧场。
②墚塬，墚与塬的合称。
③翠帟（yì），翠幕。
④璇穹，明净的天空。
⑤岩崒（zú），峻险貌。
⑥星道，银河。
⑦鸢（yuān）草，即鸢尾草。
⑧今旦，今朝、今日。
⑨空中，称那拉堤亚高山草甸为空中花园。
⑩伊甸园，比喻为人类居住的乐园。

秋游阔克苏大峡谷①

山脊莽原枯犷②远，
残花败叶境凄然。
烟云雪巘生寒色，
渊壑梳沟③瞰鳄④湾。
蓦见谷洲⑤穿异水⑥，
牛羊坡坳觅秋餐⑦。
晨曦日暮炊烟袅，
罕迹疆隅⑧居牧仙。

2018年9月8日（白露）下午于昭苏宾馆

2020年8月5日修于北京

注释：

①阔克苏大峡谷，为喀拉峻（哈萨克语意为山脊上的莽原）大草原的三大景区之一，发源于天山山脉中部，位于新疆伊犁八卦城特克斯县。
②枯犷，粗犷。
③梳沟，鳄鱼湾岸坡呈梳状深沟。
④鳄湾，鳄鱼湾。
⑤谷洲，指山谷中的一片居住牧民的有九曲十八弯的绿洲。
⑥异水，奇特的水流，指风景独特。此有九曲十八弯和景色独特之意。
⑦秋餐，深秋的残草。
⑧疆隅，边疆。

游夏塔大峡谷[①]

取经古道进廊川，
隘口守神犬哮天。
峙壁高绝途怖畏[②]，
坡杉翠巘涧潺颜。
水歌峦舞松涛乐[③]，
风影摇飐叶落跹。
泯邈[④]流波飘玉带，
瞻遐[⑤]峰雪绕云岚。

2018 年 9 月 9 日于夏塔大峡谷

2020 年 8 月 6 日修于北京

注释：

①夏塔大峡谷，位于新疆昭苏县境内。就是《大唐西域记》所载唐玄奘西行翻越的凌山，即当年丝绸之路天山道连通南北疆最重要的孔道——夏塔古道。
②怖畏，恐惧。
③乐（yuè），音乐。
④泯邈（mǐn miǎo），寂静悠长。
⑤瞻遐（zhān xiá），远望、远眺。

赛里木湖[1]

森耸[2]雪峰拥净海，
水天单色尽揉蓝。
大洋珍泪[3]遗滴坠，
赐洒川原[4]成盛观。
晨雾迷蒙夕烂蔚[5]，
逐花悠牧彩云翩。
风光古朴诗情境，
梦幻姿神展令颜[6]。

2018 年 9 月 10 日于精河县鸿兴楼酒店
2020 年 8 月 8 日整修于北京

注释：

①赛里木湖，古称净海，位于新疆博尔塔拉蒙古自治州境内西南端。
②森耸，高耸。
③大洋珍泪，戏称赛里木湖为大西洋的最后一滴眼泪。
④川原，原野。
⑤烂蔚，绚丽多采。
⑥令颜，美丽的容颜。

天池山路

蟠旋[①]垂上五十盘[②]，
碧绿茂植伴水潺。
飞瀑吐虹[③]抛碎玉，
毡房[④]星布到瑶天[⑤]。

2018 年 9 月 14 日上午游记

2020 年 8 月 10 日修于北京

注释：

①蟠旋，盘曲回旋。
②五十盘，指通往天池的盘山公路，称“五十盘天”。
③吐虹，此指“瑶虹”，位于东小天池与天池大坝之间的白龙峡瀑布，由大坝水闸外泻而成，也称“悬泉飞瀑”。形容气势很大。
④毡房，柯尔克孜语称“博仔宇”，哈萨克语之为称“克依仔宇”，人们称之为“白色的宫殿”。
⑤瑶天，对太空的美称。

天池[1]

雪峰灵峻[2]山泼黛，
众岳环拥捧玉潭。
云影重林沉皎镜[3]，
晨霞暮霭饰娇颜。
女神[4]沐浴梳妆地，
金母[5]瑶池居岂安。
遗迹传说何晓世[6]，
奇珍秀色宴群仙[7]。

2018年9月14日晚北屯市迅豪国际大酒店

2020年8月11日修于北京

注释：

①天池，古称“瑶池”，是天山山脉东段博格达山主峰博格达峰北麓处的一个冰碛湖。
②灵峻，神奇高峻。
③皎镜，犹明镜，亦喻水面。
④女神，西王母称第一女神。
⑤金母，古神话传说中的女神。俗称西王母。
⑥晓世，为世人知晓。
⑦群仙，此指游客。

穿越古尔班通古特沙漠[①]

瀚漠[②]谁知春夏秋，
旷瘠[③]艽野[④]目荒丘。
荆榛[⑤]疏落貌灰色，
惜费资源亘古愁。
罕遘[⑥]羽翮[⑦]头上越，
难逢走兽地行休[⑧]。
宿栖城域[⑨]迥然景，
屯垦戍边造绿洲。

2018年9月14日下午3时去北屯
穿越古尔班通古特沙漠的大巴上
2020年8月12日修于北京

注释：

①古尔班通古特沙漠，位于新疆准噶尔盆地中央，是中国面积最大的固定、半固定沙漠。
②瀚漠，北方大沙漠。
③旷瘠，荒芜贫瘠。
④艽野（jiāo yě），荒远之地。
⑤荆榛，泛指丛生灌木，多用以形容荒芜情景。
⑥罕遘（gòu），难得遇见。
⑦羽翮（hé），泛指鸟类。
⑧行休，意为行走与休（栖）息。
⑨城域，指北屯县级市，位于新疆维吾尔自治区最北部。

北屯夜路

大漠夕霞丹染天①，
蓝穹霁月②邈孤悬。
苍然暮色途沉寂，
独乐③星空客④清眠。

2018年9月14日晚9点去北屯大巴上
2020年8月14日修于北京

注释：

①新疆与内地2小时时差，8点20分左右太阳落下，同时，皓月高挂苍穹，落日、蓝天、明月、繁星同时出现，非常漂亮。
②霁月，明月。
③独乐，意思是指独自欣赏、娱乐。
④客，指同行旅客。

五彩滩[1]

北疆戈壁额河[2]畔，
两岸殊绝景迥然。
水浴风蚀剥裸体，
滩涂彩绘展鲜妍[3]。
绿洲葱郁添姿韵，
映媚[4]风光坠郁蓝[5]。
梳状堤坡呈五色，
朝夕斜照更惊瞻[6]。

2018 年 9 月 15 日中午于五彩滩
2020 年 8 月 15 日修于北京

注释：

①五彩滩，位于新疆北端，是前往喀纳斯湖景区的必经之路。
②额河，指额尔齐斯河，中国唯一一条自东向西流入北冰洋的河流。
③鲜妍，光彩美艳的样子。
④映媚，互相映衬而成一种美的景致。
⑤郁蓝，蔚蓝、深蓝色。
⑥惊瞻，惊讶、仰慕。

江城子·禾木[1]

秋晨林墅袅耕烟[2]，雾縠[3]缠，境清恬。溪濑[4]蜿蜒，桥堍[5]径空山。草场马牛悠逸豫，行净土，步瑶天。

隙曛[6]松桦叶斑斓，牧归[7]闲，入仙园。臆见[8]谁人，帝匿自留田？心醉优游[9]情未了，几两忘，远尘凡。

2018年9月15日晚于禾木山庄8303房

2020年8月17日修于北京

注释：

①禾木，新疆阿勒泰地区布尔津县下辖的一座村庄。
②耕烟，农家的炊烟，借指隐居生活。
③雾縠（hú），像轻纱一样的烟云薄雾。
④溪濑（lài），溪水。
⑤桥堍（tù），桥头。
⑥隙曛，缝隙中的落日馀光。
⑦牧归，放牧归来。
⑧臆见，个人的私见，主观的看法。
⑨优游，悠闲自得。

游禾木·夜宿山庄

山岚牧苑溪光①净，
天上云波水落霞②。
秋木斓斒③情自画，
星空灿铄月归家。

2018 年 9 月 15 日夜宿禾木山庄 8303 房
2020 年 8 月 18 日修于北京

注释：

①溪光，溪流的水色。
②落霞，晚霞。
③斓斒（lán bān），色彩错杂鲜明貌。

喀纳斯[1]

雪峰耸峙湖摇滟[2]，
山黛间黄色彩斑。
晨雾氲氤生幻象，
夕曛晖暎[3]舞岚烟。
奇观未解添神秘，
枯木漂移逆向迁。
应季霁波[4]更[5]色相，
临凡诗境入壶天[6]。

2018 年 9 月 16 日晚于贾登峪酒店
2020 年 8 月 20 日修于北京

注释：

①喀那斯，位于新疆最北端阿尔泰深山密林的高山湖泊。蒙语意为：峡谷中的湖、美丽富饶、神秘莫测。
②摇滟，荡漾、摇曳。
③晖暎，光彩照耀。
④霁波，平静的水波。
⑤更，变换。
⑥壶天，仙境，胜境。出自《后汉书·方术传下·费长房》。

忆江南·游喀纳斯

菊月[①]末[②]，西域[③]渐秋浓。仙境落凡身世外，斑斓拂黛[④]巘霜峰。湖色瓦蓝[⑤]澄。

云缭绕，倒影泻清冥[⑥]。应季变光波幻杳，绮船[⑦]欢畅画中行。醉水木山空[⑧]。

2018年9月16日游览

2020年8月22日修于北京

注释：

①菊月，农历九月是菊花开放的时期，古人称之为“菊月”。
②未，意指还未进入九月。
③西域，此指新疆地区。
④拂黛，涂上青黑色。
⑤瓦蓝，蔚蓝色。
⑥清冥，清澄而深远，多用以形容天空。
⑦绮船，画舫。
⑧水木山空，分别指湖水、树木、山野、天空。

鹧鸪天·游喀纳斯

绝域[1]圣湖貌挺冠，殊相异色境逎然[2]。雪峰环峙山横黛，瑰景[3]独惟自上天。

波怪幻[4]，水揉蓝[5]，清幽净土妙难言。搬来天上皇穹[6]地，赐慰[7]尘凡奢借观[8]。

2018 年 9 月 20 日下午乌鲁木齐回北京的飞机上

2020 年 8 月 25 日修于北京

注释：

①绝域，与外界隔绝之地。
②逎然，超逸不凡。
③瑰景，奇美的景色。
④怪幻，奇怪而多变。此指喀纳斯四大奇观：云海佛光、枯木逆漂、湖怪、变色湖。
⑤揉蓝，浸揉蓝草做成的染料。
⑥皇穹，犹皇天，指天帝。
⑦赐慰，赏赐、慰劳。
⑧借观，借阅。

天赐·喀纳斯

翳然①域外②山空漠③，
境内瑰绝④独秀颜。
幻化灵奇⑤生隽妙⑥，
上苍珍赐落凡间。

2021年12月12日于清水湾

注释：

①翳然，荒芜。
②域外，域外之地。
③空漠，旷远的沙漠。
④瑰绝，瑰丽绝伦。
⑤灵奇，神奇。
⑥隽妙，隽永美妙。

乌尔禾魔鬼城[①]

风城哀壮[②]境孤寂，
群堡颓荒目怆凄。
怪状陡丘生万象，
堕城[③]遗址造殊奇。
坊传此处繁华地，
致富奸邪不返迷[④]。
劝善遭嘲神怒毁，
废墟魔魅夜嚎欷。[⑤]

2018 年 9 月 17 日晚于克拉玛依君悦百合主题酒店
2020 年 8 月 27 日修于北京

注释：

①魔鬼城，又称乌尔禾风城。位于新疆维吾尔自治区准噶尔盆地西北边缘的佳木河下游乌尔禾矿区。有一处独特的风蚀地貌，形状怪异、当地人蒙古人将此城称为“苏鲁木哈克”。维吾尔人称为“沙依坦克尔西”，意为魔鬼城。
②哀壮，悲壮。
③堕城，毁城。
④返迷，谓迷途知返，改邪归正。
⑤最后两句的意思是，传说这里原是一座雄伟的城堡，富足生活使邪恶占居人们心灵，尔虞我诈，花天酒地，狰狞恐怖。天神为唤醒人们的良知，扮乞丐劝诫反遭辱骂嘲讽，一怒之下将此地变成废墟，并将人压于废墟之下，入夜亡魂哀嚎。

浣溪沙·游葡萄沟[1]

赭巘[2]穷峡[3]匿洞天[4]，雪山融液碧溪潺。青藤蔽日玉珠悬。

品果欢歌随起舞，维民乐逸客歆然。火洲[5]岂料竟[6]桃源。

2018年9月20日上午于乌鲁木齐机场候机楼

2020年8月28日修于北京

注释：

①葡萄沟，位于吐鲁番市区东北11公里处火焰山中，因盛产葡萄而得名。

②赭巘，此指火焰山。

③穷峡，深邃的峡谷。

④洞天，名山胜地。

⑤火洲，吐鲁番的别称，因气候炎热而得名。

⑥竟，居然、竟然。

浣溪纱·旅途庆生

未料庆生天赐筵，热情古丽[①]寿烛燃。睦雍[②]旅友助兴酣。

妙舞高歌餐渥盛[③]，轩堂众客展舒颜。机缘奇遇醉陶然。

2018年9月19日晚于乌鲁木齐美丽华酒店2305房

2020年8月29日修于北京

注释：

①古丽，维吾尔族，意为“美丽的姑娘”。此处指漂亮的维吾尔族女导游热孜万古丽。

②睦雍，亲密友好。

③渥盛，丰盛。

游观火焰山①

赭裸焰神②狂炽肆③，
朱炎④喷火绛云集。
弯沟曲壑翻红浪，
烈气蒸腾虐霸持。
岩烁摛光⑤无避护，
发焦浃汗自难移。
西游⑥迥路⑦窥一坎，
跋涉艰危便可知。

2018年9月20日上午于乌鲁木齐机场候机楼
2020年8月30日修于北京

注释：

①火焰山，《山海经》中称之为“炎火之山”，维吾尔语叫“克孜尔塔克”，意为红山。火焰山山体为红色砂岩，对太阳光辐射的反射力很强，在强烈阳光照射下，熠熠发光，弯弯曲曲的沟壑，宛若烈焰腾升，故而名火焰山。
②焰神，火焰山。
③炽肆，猖獗、放肆。
④朱炎，太阳、烈日。
⑤摛（chī）光，放射光芒。
⑥西游，借《西游记》代指西域，寓意“玄奘取经”。
⑦迥路，漫长的道路。

参观坎儿井①

雪雨涵源②地暗流，
掘挖坎井灌田畴。
先农③运智④堪绝妙，
戈壁沙荒变绿洲。

2018年9月20日上午于乌鲁木齐机场候机楼
2020年9月1日修于北京

注释：

①坎儿井，古代称作“井渠”，即地下水道。坎儿井是劳动人民在干旱地区漫长的历史发展中创造的一种地下水利工程。
②涵源，涵养水源。
③先农，古代传说中最先教民耕种的农神。
④运智，运用才智。

天山秋早

高朗旻天[①]玄气[②]凉，
远临[③]霜序[④]貌苍唐[⑤]。
牧刍[⑥]萧索[⑦]觅残绿，
野草凄清始叶黄。
河谷薰衣[⑧]花萎悴，
机割储草景繁忙。
川流潺唱澄波旧，
秋色天山渐彩裳。

2018年10月4日于北京西三旗

2020年9月3日修于北京

注释：

①旻天，泛指天，特指秋季的天。
②玄气，天气。
③远临，远眺。此指到深秋尚有相当一段时间。
④霜序，晚秋季节，也是农历九月的别称。
⑤苍唐，草木始凋貌。
⑥牧刍，牲畜。
⑦萧索，荒凉、萧条。
⑧薰衣，指薰衣草。

八卦城①

暮登夜坐摩轮②顶，
俯瞰阶街图案清。
八卦易经凝幻境③，
玄机奥邃④匿迷宫。
央核射路多横畅，
蛛网环状城廓明。
山形水泽依地势，
乌孙道教髓神融⑤。

2018年9月7日晚新疆特克斯八卦城青龙酒店
2020年9月6日修于北京

注释：

①八卦城，特克斯县是新疆维吾尔自治区伊犁哈萨克自治州下辖县，是中国唯一建筑完整而又正规的八卦城。
②摩轮，指城中央八卦公园小山丘上的太极眼摩天轮。
③八卦易经凝幻境，特克斯县城按《易经》八卦布局而成，被称为凝固的《周易》、有形的《周易》。
④奥邃，深奥、幽深。
⑤乌孙道家髓神融，指乌孙国文化与道教理论相互交融。髓神，即神髓。

沁园春·大美逆天·古韵新颜

西域陲边，地接峦连，系意梦牵。溯史源遥迹[①]，版图入汉，各族珍爱，华夏成员。横亘三山[②]，两盆间夹[③]，中亚诸邦睦处安[④]。循丝路[⑤]，忆驼铃瞻见，拓展宽延。

幅员广袤丰妍。貌赋禀[⑥]，多芳甸沃田。五彩调色板，圣湖[⑦]琼巘[⑧]，火洲戈壁，漠野冰川。景致奇绝，本俗[⑨]独异，殊裔[⑩]风情魅逆天。斑斓界，大美潮范儿，古韵新颜。

2018年9月19日晚于草于乌鲁木齐

美丽华酒店2305房

2020年9月7日修于北京

注释：

①遥迹，指前人的业迹。

②三山，指北部阿尔泰山、中部天山、南部昆仑山脉。

③两盆间夹，指北部准噶尔盆地和南部塔里木盆地，被“三山”所分隔。

④中亚诸邦睦处安，指毗邻的中亚各国和睦相处。

⑤丝路，指丝绸之路。

⑥赋禀，禀赋，自然具有的资质。

⑦圣湖，泛指湖泊。

⑧琼巘，美丽的山峰。

⑨本俗，传统的习俗。

⑩殊裔，边远少数民族地区。

环游西北

西夏王陵[1]感赋

贺兰山麓观凄惘[2]，
残塚颓墉[3]诉炜煌[4]。
黩武征伐双世纪，
称雄大夏自为皇。
蒙酋[5]夷戮[6]摧枯灭，
十代九陵荒野凉。
惑望土丘[7]多感叹，
浮华散尽梦黄粱[8]。

2014 年 9 月 20 日上午于西夏王陵
2021 年 5 月 8 日修于北京

注释：

①西夏，1038—1227 年，是历史上由党项人在中国西北部建立的朝代，自称邦泥定国或大白高国。王陵位于宁夏银川市西，西傍贺兰山，东临银川平原，是中国现存规模最大、地面遗址最完整的帝王陵园之一，也是现存规模最大的一处西夏文化遗址。
②凄惘，伤感、怅惘。
③颓墉，崩塌的城墙。
④炜煌，辉煌。
⑤蒙酋，蒙古军队。
⑥夷戮，杀戮。
⑦土丘，指陵墓。
⑧梦黄粱，黄梁一梦，比喻虚幻的不能实现的梦想。

西夏王陵随想

横戈[①]剑戟旌麾[②]卷，
血染黄沙士马残。
贞魄糜躯[③]搏战场，
杀伐漠野[④]献身田[⑤]。
拓疆扩域兵戎见，
奢享权尊[⑥]世继传。
颂曲高扬王谱唱，
遗忠烈骨废丘眠。
孤魂野鬼行无处，
冷土荒堆化素烟[⑦]。
朝署多书争霸史，
庶民饥苦哪人言？

2015年7月20日整修于北京西三旗

2021年5月10日修于北京

注释：

①横戈，指横持戈矛，策马腾跃。
②旌麾（jīng huī），军旗。
③糜躯，指粉身碎骨，献出生命。
④漠野，指我国北方沙漠地区。
⑤身田，身体。
⑥权尊，权势和尊名。
⑦素烟，白烟。

西部影视城

弃堡颓墉缔影城，
荒墟新用孕明星。
加冠折桂偏得宠，
闪耀镁灯红毯行。
陋景难寻生意境，
西方喜慰授功名。
家私旧貌扬人世，
何必聚俗获冒荣？

银川印象

九曲[①]黄河蟠贺兰[②]，
红涛天脉[③]贯银川。
泊洑[④]泓碧添秀色，
旷野沃畴起翠烟。
瀚漠[⑤]沙波驼逐梦，
青原草茂马蹄欢。
苇荡漂摇栖百鸟，
凤城[⑥]景象赛江南。

2014年9月21月于去中卫路上

2021年5月11日修于北京

注释：

①九曲，指黄河 。
②贺兰，指贺兰山。
③红涛天脉，取黄河之水天上来之意。
④泊洑（fú），沼泽地。
⑤瀚漠，指我国北方沙漠地区。
⑥凤城，历史上银川曾称凤城。

游沙坡头[1]感赋二首

（一）涛醉酡颜

长河[2]倾落自云间，
急浪浊涛衔海天。
滔腾阚吼抒精魄[3]，
澒涌[4]犇流[5]展赭颜[6]。
横渡凌空飞彼岸[7]，
筏舟棹唱[8]戏余澜。
襟屏[9]止漠集浑秀，
柔柳穷沙[10]汇锦园[11]。

2014 年 9 月 21 下午日中卫沙坡头

2021 年 5 月 12 日修于北京

注释：

①沙坡头，国家级自然保护区，位于宁夏回族自治区中卫市城区西部腾格里沙漠的东南缘。现为国家 AAAAA 级旅游景区。沙坡头集大漠、黄河、高山、绿洲为一处，具西北风光之雄奇，兼江南景色之秀美。
②长河，指黄河。
③精魄，精神气魄。
④澒（hòng）涌，水势广阔汹涌。
⑤犇（bēn）流，急流。
⑥赭（zhě）颜，因酒醉而脸红。
⑦飞彼岸，此指空中缆车飞越黄河。
⑧筏舟棹唱，指黄河上乘筏舟的娱乐项目。
⑨襟屏，像衣襟一样屏蔽于前，比喻地势重要。此处意为黄河作为屏障阻止了沙漠的扩张，即“河屏止漠”。
⑩穷沙，荒凉的沙漠。
⑪锦园，指沙坡头景区。

（二）沙海觅韵

瀚海[1]辽荒河埭岸[2]，
风积堆垒万斛[3]山。
高头[4]滑落鸣钟远，
九曲浮金落日圆。
回首沙坡夷宕迹[5]，
微风平野起孤烟。
驼铃破寂行空漠，
古道风情醉客欢。

2014 年 9 月 21 日下午于中卫沙坡头

2021 年 5 月 12 日修于北京

注释：

①瀚海，指戈壁沙漠。
②埭岸，堤岸。
③万斛，表示容量之多。
④高头，上面，高处；泛指这边、那边、里边等。
⑤夷宕迹，消平拖拉的痕迹。夷，弄平。宕（dàng），拖延。

河畔农家院[1]

河畔农家营野馆[2]，
棚封天井卧房连。
棋牌娱乐兼餐室，
庭院青篱赏绿园。
葱郁菜蔬多品种，
亲摘自选味觉鲜。
任尝时果[3]羞红色，
眉语[4]言谈溢润甜[5]。

2014 年 9 月 21 日晚于童家大院

2021 年 5 月 14 日修于北京

注释：

①河畔农家院，指距沙坡头景区黄河边不太远的童家大院家庭旅馆。
②野馆，指乡村旅舍。
③时果，应时的水果。
④眉语，谓用眉的舒敛传情示意。
⑤润甜，谓感到幸福愉快。指主人对目前的生活状态感觉很滋润甜美。

游沙坡头随感

兵戈烽燹①地残瘢，
滥垦淫耕漠海淹。
绿化河②隔逐减势，
黄尘弥漫怎遮拦？
精勤治止③施得法，
古损生植渐复颜。
绿水青山终有望，
持恒讨理④必回天。

2014 年 9 月 21 日晚于童家大院

2021 年 5 月 14 日修于北京

注释：

①烽燹（fēng xiǎn），战火。
②河，即黄河。
③治止，意为采取防治措施制止漫延扩散。
④讨理，指治理。

路掠景启[①]·沙坡头去张掖

平川廊路[②]到祁连[③]，
郁茂斑驳石裸滩。
网草格棘[④]堆簇绿，
收缩漠土展青蕃。
陌人初睹情凄惨，
境态[⑤]实为大改观。
恒治[⑥]贯行终有日，
荒原瘠壤[⑦]换新颜。

2014 年 9 月 22 日于去张掖高速公路上

2021 年 5 月 15 日修于北京

注释：

①路掠景启，意为受高速路上飞速而过的情景所启发。
②廊路，比喻连接两个较大地区的狭长地带。此指河西走廊。
③祁连，指祁连山脉。
④网草格棘，指网格化治沙技术。
⑤境态，指境内的生态。
⑥恒治，持之以恒的治理。
⑦瘠壤，贫瘠的土地。

张掖大佛寺

河西[①]金地[②]名兰若[③]，
香室[④]谈禅诵涅槃。
佛睡绵长眠不醒，
天国一日地[⑤]千年。
初时[⑥]边戌黄金道，
当下睦邻丝路延。
惊世沧桑颜巨变，
佛陀逸雅貌依然。
欲问人间难解事，
万般疑影[⑦]入沧渊[⑧]。

2014 年 9 月 22 日下午于张掖
2021 年 5 月 15 日修于北京

注释：

①河西，指河西走廊。
②金地，指张掖，古有“金张掖，银武威”之说。
③兰若，梵语音译词，指林中寂静处。
④香室，泛指佛殿、佛堂。
⑤地，指人间。
⑥初时，起初，开始的时候。
⑦疑影，疑惑。
⑧沧渊，沧海，指深潭。

不扰仙·瞻观张掖千年大佛感赋

雅态雍姿面解颜，
沉眠未醒越千年。
无闻未问凡尘事，
佛祖焉知世变迁？
列代①烽烟移旧貌②，
灵光塔影③映祁连。
艰途自奋宏猷④展，
砥砺足实⑤不扰仙⑥。

2015年9月19日整理于北京
2021年6月30日修于北京

注释：

①列代，历代。
②移旧貌，实为“换新颜”。
③塔影，指张掖佛塔。
④宏猷，指远大的谋略、宏伟的计划。
⑤足实，充足。此处指脚踏实地。
⑥不扰仙，不打扰神仙。

张掖马蹄寺[1]

藂林[2]蓊郁仰祁连，
巘雪[3]拨云俯秀川。
迤逦龛窟悬陡壁，
恢弘梵殿[4]历千年。
天驰[5]神骥[6]临福地，
蹄踵[7]青石嵌迹鲜[8]。
敕赐[9]余珍[10]藏古刹，
佛门漍水[11]诵经禅。

2014 年 9 月 23 日上午马蹄寺

2021 年 5 月 16 日修于北京

注释：

①马蹄寺，位于甘肃肃南裕固族自治县马蹄藏族乡境内，是集石窟艺术、祁连山风光和藏族风情于一体的旅游区。
②藂（cóng）林，丛生的林木。
③巘雪，意为高山上的积雪。
④梵殿，佛殿。
⑤天驰，天马行空。
⑥神骥，骏马。
⑦蹄踵，泛指蹄迹。
⑧嵌迹鲜，指马蹄印迹清晰明显。
⑨敕（chì 赐，皇帝的赏赐。
⑩余珍，遗留下来的瑰宝。此指清代乾隆御赐的金鞍、龙袍等物。
⑪佛门漍（guó）水，指寺院门前溪水潺潺。

游张掖丹霞地貌四首

（一）雄险奇美

触月拂星闻阙语[①]，
接云笼雾聚峰岚。
绝岩峻坂[②]峡渊邈[③]，
耸峙危崖一线天。
跽拜[④]虔徒频叩首，
灵猴观海暮归帆。
天然丽景无雕饰，
冠世[⑤]姿形叹妙颜。

2014 年 9 月 23 日晚于张掖汉庭酒店

2021 年 5 月 16 日修于北京

注释：

①阙语，意为天宫中的说话声。
②峻阪，陡坡。
③渊邈，深远。
④跽（jì）拜，跪拜。
⑤冠世，超人出众，天下一流。

（二）渥丹秋山

渥丹[①]赤裸景秋山[②]，
宏壮磅礴目漫澜[③]。
层理堆叠生彩线，
峰峦尚美[④]染虹颜[⑤]。
窗格宫殿悬城堡，
鸟兽琼阁挂壁岩。
绚丽霓裳晕眩目，
天织[⑥]锦缎色斑斓。

2014 年 9 月 23 日晚于张掖汉庭酒店

2021 年 5 月 17 日修于北京

注释：

①渥丹（wò dān），润泽光艳的朱砂。多形容红润的面色。
②秋山，秋天之色。
③漫澜，无边无际貌。
④尚美，崇尚美丽。
⑤虹颜，彩虹颜色。
⑥天织，大自然的造化。

（三）神藏珍玩

千仞危崖奇诡[①]险，
阳刚巍峙[②]势擎天。
锥林塔堡形殊异[③]，
鸟兽人禽态妙颜。
辟域祁连撷采画，
集藏贮储萃珍玩。
神工解数镌瑰丽[④]，
绚烂明霞[⑤]醉渥丹。

2014 年 9 月 23 日晚于张掖汉庭酒店

2021 年 5 月 17 日修于北京

注释：

①奇诡，奇特，诡异。
②巍峙，高耸。
③殊异，差异极大。
④瑰丽，奇特美丽，此形容自然风光。
⑤明霞，灿烂的云霞。

（四）天景坠凡

朱崖[①] 赤壁锦岩峦，
梦幻瑰殊[②] 童话间。
俯首飘然七彩上，
抬头峻巘尽曦颜[③]。
步移异变生遐想，
天景[④] 神仙携下凡。
象貌雄奇幽美险[⑤]，
金城[⑥] 餐胜[⑦] 在祁连。

2014 年 9 月 23 日晚于张掖汉庭酒店

2021 年 5 月 18 日修于北京

注释：

①朱崖，红色山崖。
②瑰殊，奇异。
③曦颜，光彩照人的容颜。
④天景，此指天上的景象。借“此景只有天上有”之意。
⑤雄奇幽美险，指张掖丹霞地貌的景观特征。
⑥金城，指张掖。
⑦餐胜，此处意为欣赏美景。

游嘉峪关[①]感怀

首隘[②]雄浑嘉峪关，
峥嵘宏壮倚祁连。
夕阳瀚漠迎烽堠[③]，
戍堡岹峣[④]锁绛烟。
岂有鸿沟分界域，
此间早已罢陲边。
寄情怀古吹羌管[⑤]，
故地城楼诉旧缘[⑥]。

2014 年 9 月 24 日晚于酒泉汉庭

2021 年 5 月 19 日修于北京

注释：

①嘉峪关，号称“天下第一雄关”，是明长城最西端的关口，历史上曾被称为河西咽喉，有连陲锁钥之称。
②首隘，即河西走廊第一隘口。
③烽堠，烽火台，又称烽燧、墩堠、烟墩、墩台。
④岹峣（tiáo yáo），山高峻貌。
⑤羌管，羌笛。
⑥旧缘，以前的故事，沧桑岁月。

破阵子·游览长城第一墩①及悬壁长城②感怀

万里③西端墩堠④，陡跌悬壁⑤铜关。遥应龙头⑥连首尾，蟠亘腾伏锁万山。塞垣⑦忆当年。

瀚漠硝烟尽散，眼前战色沉酣。剑戟英雄沙场论，谁主沉浮历史言。神州大统⑧安。

2014年9月25日晚于敦煌汉庭酒店

2021年5月19日修于北京

注释：

①长城第一墩，又称讨赖河墩。是嘉峪关长城最南端的一座墩台，也是明代万里长城最西端的一座。

②悬壁长城，位于嘉峪关关城北8千米处。城墙自山上陡跌而下，在山脊上似长城倒挂，故得名。

③万里，指万里长城。

④墩堠，瞭望敌情的堡垒。

⑤悬壁，指悬壁长城。

⑥龙头，指山海关老龙头。

⑦塞垣，亦指长城。

⑧大统，指一统国家的事业。

祁连深处询聊

驱车意欲望冰川①，岂料崎岖欠坦缓。
山势巍峨峰素雪，麓坡牧场草萋芊。
幽荒罕见行车影，远望偶然见圈栏。
腹地②斜阳忧路况，高滩③访觅有炊烟。
叩门询问七一④路，好客拉谈⑤藏俊男。
今日为时天已晚，人多早往现回还。
知闻放牧妻相伴，轮转羊群四域⑥迁。
年栏五百售三百，自满净收卅万元。
又谓习俗皆汉化，同学发小密无间。
城中老少⑦购房住，遇事逢节回酒泉。
今去难归时欠妥，奔冲邃谷调头还。
略知深处新奇事，缺憾无妨不枉然。

2014 年 9 月 25 日晚于敦煌汉庭酒店

2021 年 5 月 20 日修于北京

注释：

①冰川，指七一冰川。
②腹地，靠近中心的地区。此指祁连山脉深处。
③高滩，形成历史较久，稳定而不易上水的滩地，也称“老滩”。
④七一，指七一冰川。
⑤拉谈，交谈、闲谈。
⑥四域，此指四块牧场。轮换放牧，以利放养，草地养护。
⑦老少，指老人和孩子。

游览敦煌莫高窟[①]

三危[②]峻峙祥光曜，
嶒岫蜂巢瑞气扬。
弘法演经多坎坷，
莫高圣境历沧桑。
修为[③]漠野成千洞，
华夏梵音传众邦[④]。
释教沉浮逢世运，
飞天出画[⑤]靠隆昌。

2014 年 9 月 26 日上午于敦煌莫高窟

2021 年 5 月 21 日修于北京

注释：

①莫高窟，俗称千佛洞，坐落在河西走廊西端的敦煌，是世界上现存规模最大、内容最丰富的佛教艺术胜地。莫高窟与河南洛阳龙门石窟、山西大同云冈石窟并称中国三大石窟，后加麦积山石窟称四大石窟。

②三危，即三危山。主峰在莫高窟对面，三峰危峙，故名三危。

③修为，指一个人的修养、素质、道德、涵养、造诣等。

④众邦，诸多国家。

⑤出画，喻意为飞天梦想已成为现实。

游览千年莫高

丝绸古道曾喧繁，
碛漠[①]敦煌受具瞻[②]。
登仰千窟观绀殿[③]，
攀跻栈道倚危栏。
佛陀不语善传众，
悟道遗尘[④]自逸凡。
拜客虔切无赏意，
游人漫品觅禅缘。

2014 年 9 月 26 日于敦煌
2021 年 5 月 22 日修于北京

注释：

①碛漠，沙漠。
②具瞻，为众人所瞻望。
③绀殿，佛寺。
④遗尘，谓遗弃尘俗、抛弃尘念。

鹧鸪天·飞天[①]非梦·观敦煌飞天壁画

反奏琵琶[②]乐[③]自天，袂[④]飘肢舞壁翩翾[⑤]。眉扬目展出神韵，跹律[⑥]姿相破世凡。

今效现，技精妍，慕贤超绎[⑦]后人传。今朝悦赏奇葩态，圆梦飞天在洒泉。

2014 年 9 月 26 日于敦煌

2021 年 5 月 22 日修于北京

注释：

①飞天，是佛教艺术中的一个独特形象。

②反弹琵琶，敦煌艺术中最优美的舞姿，是大唐文化一个代表性的符号。

③乐（yuè），音乐。

④袂（mèi），衣袖。

⑤翩翾（xuān），为轻飞貌。

⑥跹律，跹为飘逸飞舞貌，律则为节律或韵律。

⑦慕贤超绎，佩服前贤的智慧与技艺，超越、演绎古老的艺术，传承予后人。

观酒泉飞天雕像①随想

中华自古醉飞天，
祭月②托思企梦圆。
神话嫦娥③奔迥汉④，
寒宫虚寂舞翩跹。
羽化⑤舞女出窟壁，
反奏琵琶望素蟾⑥。
大宇⑦游巡常往返，
凭舟⑧碧海⑨霎时间。

2015年8月27日整理于北京

2021年6月28日修于北京

注释：

①在酒泉的不少地方，如街道、广场、公园，均可看到“飞天”雕像，寓意这里是中华儿女飞天梦圆的圣地。

②祭月，作为中国古代重要祭礼之一，后演变成了以“家庭团圆”为主题的祭祀仪式。中秋节源自古代对月神的崇拜，是汉民族祭月习俗的遗存和衍生。

③嫦娥，中国上古神话中的仙女，“嫦娥奔月”神话源自古人对星辰的崇拜。

④迥汉，指高远的天空。汉，天汉，银河，代指天空。

⑤羽化，古人认为仙人能飞升变化，因此把成仙叫作羽化。

⑥素蟾，月的别称。古代传说月中有蟾蜍，故称。

⑦大宇，太空、天地之间。

⑧凭舟，乘舟、操舟。

⑨碧海，此指青天。

鸣沙山·月牙泉[①]四首

（一）鸣沙山貌[②]

沙垄丘峦目盘桓，
磅礴素铺[③]望翻澜。
柔沙五色铺绸缎，
浪起波伏旷迤涎。
赤脚爬坡登退半，
颓沙风宿覆还原。
滑驰[④]鼓角殷雷响，
飞耳[⑤]丝竹[⑥]仙乐绵。
瀚漠奇绝生妙趣，
瞻玩[⑦]爽畅自歆然。

2014 年 9 月 26 日傍晚于鸣沙山

2021 年 5 月 28 日修于北京

注释：

①月牙泉，有一个奇特的现象，因为地势的关系刮风时沙子不往山下走，而是从山下往山上流动，所以月牙泉永远不会被沙子埋没，被称为沙漠奇观。

②第一、二句为貌；第三、四句为型；第五、六句为动；第七、八句为声；第九、十句为情。

③素铺，本色、自然。

④滑驰，快速滑沙。

⑤飞耳，犹顺风耳。

⑥丝竹，琴、瑟、箫、笛等乐器的总称，“丝”指弦乐器，“竹”指管乐器。

⑦瞻玩，意思是观赏、玩赏。

（二）月牙泉韵

沙山环抱伴镰潭[①]，
嫕婉[②]幽独赏碧涟。
柳影丝翩[③]葭苇曳，
清波山色景姝颜。
楼台[④]傍水恬炤映[⑤]，
千古如初翡翠盘[⑥]。
隽雅嫕娴[⑦]诗意韵，
灵泉皎镜媚新蟾[⑧]。

2014 年 9 月 26 日傍晚于鸣沙山·月牙泉

2021 年 5 月 24 日修于北京

注释：

①镰潭，指潭形如镰，即月牙泉。
②嫕婉（yì wǎn），嫕，性情和善可亲。婉，卷曲貌，和顺貌，柔美。
③丝翩，指柳丝舞动。
④楼台，指泉南岸原有一组古朴雅肃、错落有致的建筑群。
⑤炤映，映照。
⑥翡翠盘，指月牙泉像一颗翡翠镶嵌在沙山之中。
⑦嫕娴，美好、文静。
⑧新蟾，新月。神话传说月中有三足蟾蜍，月中阴影为蟾蜍，故以蟾代称月。

（三）天成绝配

狂风虐烈不缁[①]泉，
旋起流沙落岸山[②]。
静水粼波涵素韵，
无尘益秀洗心田。
鸣沙怡性泉灵妙，
异品[③]雍融[④]踵古[⑤]缘。
睦处依存相映媚[⑥]，
天成绝配堪殊观。

2014 年 9 月 26 日傍晚于鸣沙山·月牙泉

2021 年 5 月 26 日修于北京

注释：

①不缁，一尘不染，形容非常干净。缁（zī），黑色。
②落岸山，指月牙泉周围的沙山。
③异品，珍奇的物品。
④雍融，美貌。
⑤踵古，沿袭古代。
⑥映媚，互相映衬而成一种美的景致。

（四）日落月泉

静赏西辉①落日圆，
锦霞灿错洒金山②。
霜轮③云蔚沉潭影，
玉镜天容漾月泉④。
暮色谐靡⑤时景变，
韬光敛彩好舒眠。
默然无语方诗意，
梦幻遐思胜咏言⑥。

2014 年 9 月 26 日傍晚于鸣沙山·月牙泉
202 年 5 月 27 日修于北京

注释：

①西辉，夕阳余辉。
②金山，指鸣沙山。
③霜轮，指月亮。
④月泉，指月牙泉。
⑤谐靡，和谐美妙。
⑥咏言，作诗。

游玉门关[①]及长城烽燧遗址

走廊[②]末尾疏河[③]畔，萧瑟晨风树傲寒。

境域遗存连旷野，楼台烽燧断残垣。

沼泽草甸蒹葭曳，戈壁别番[④]幽景观。

孤雁长空何处去？颓城怀古忆当年。

屯兵大漠守关隘，马客驼铃过往繁。

昔日雄藩[⑤]时世变，山河一统[⑥]净硝烟。

今朝丝路锦程展，早已春风度玉关[⑦]。

2014 年 9 月 27 日上午于玉门关遗址

2021 年 5 月 29 日修于北京

注释：

①玉门关，始置于汉武帝开通西域道路、设置河西四郡之时，因西域输入玉石时取道于此而得名。

②走廊，指河西走廊。

③疏河，指玉门关城下的疏勒河。

④别番，别样。

⑤雄藩，地位重要、实力雄厚的藩镇。

⑥一统，统一。

⑦玉关，指玉门关 。此句对应王之涣诗而言。王之涣《凉州词》：黄河远上白云间，一片孤城万仞山。羌笛何须怨杨柳，春风不度玉门关。

读玉门关古诗[1]感赋

古骚[2]寄愿玉门关，
悲壮苍凉抒感言。
拓域胜敌传赧报[3]，
疆安帝慰[4]举朝[5]欢。
翁婆祈祷妻儿盼，
守戍征夫何日还。
生死离别愁郁悼[6]，
连篇哀怨叙情猿[7]。

2015 年 9 月 12 日于北京

2021 年 6 月 29 日修于北京

注释：

①指古代文人墨客怀有“玉门关（阳关）”情结，写下了许多脍炙人口的诗赋。
②古骚，古代骚人。
③赧（nǎn）报，好消息。
④帝慰，帝王欣慰。
⑤举朝，朝廷上下。
⑥郁悼，郁抑、忧伤。
⑦情猿，指心情。谓人心动不定，犹如猿猴，故称。

游敦煌雅丹国家地质公园·魔鬼城①

水冲风蚀造雅丹，神奇瀚漠汇异观。
世间万物姿相妙，筑艺②珍瑰博物园。
垄岗残丘墙塔柱③，琼宫寺院古城垣。
狮熊虎豹④活灵现，孔雀驼铃⑤态万千。
戈壁砾石藏海港，威仪舰队屹荒原。
暴起孤烟里巷蹿，浮漂蜃景浩涛淹。
尘蒙褪尽余辉映，沙莽涂金碛日⑥圆。
夜幕灵飙⑦嚎魍魉，颓墟⑧泣怨喊沉冤。
狰狞诡秘心生畏，昧色蟠幽境竦然。

2014 年 9 月 27 日下午游雅丹地貌

2021 年 5 月 30 日修于北京

注释：

①敦煌雅丹国家地质公园，俗称魔鬼城，位于玉门关西北边，主要是风蚀作用形成的雅丹地貌。
②筑艺，指建筑艺术。
③垄岗残丘墙塔柱，指各样地形地貌。
④狮熊虎豹，指地形地貌。
⑤孔雀驼铃，指地形地貌。
⑥碛（qì）日，照在沙漠上的太阳。
⑦灵飙，指巨风。
⑧颓墟，意为颓废的村镇。

游走祁连山[1]

年少朦胧生幻愿，
鬓斑弥憾践祁连。
东端秦岭黄河畔，
西末两金山脉衔。[2]
素雪冰川峰覆挂，
坡茵腰翠[3]壑幽渊[4]。
岚烟绕巘拂星月，
醒醉[5]凄妍落日圆[6]。

2014年9月27日下午过当金山口

2021年6月25日修于北京

注释：

①祁连山脉，位于中国青海省东北部与甘肃省西部边境，是中国境内主要山脉之一。
②这两句意为，东端起始黄河谷地，与秦岭、六盘山相连；西端止于当金山口，与阿尔金山脉相接。
③坡茵腰翠，意思是山坡绿草如茵，山腰林木苍翠。
④壑幽渊，意指壑谷深邃而幽静。
⑤醒醉，陶醉、沉醉。
⑥落日圆，借“大漠孤烟直，长河落日圆”句。

高原怒云·翻越当金山口

谲奇[1]奥诡[2]天突变，

骥骏[3]行空涌趯[4]欢。

岂料乌云顿倒泻，

遄急恶浪雺翻澜。

高原窒郁欲压顶，

淹巘吞峰[5]地触天。

势煞[6]铮狞来问罪，

何曾扰阙惹神颜？

2014 年 9 月 27 日晚于大柴旦酒店

2021 年 6 月 2 日修于北京

注释：

①谲奇，诡变出奇。
②奥诡，深奥奇诡。
③骥骏，骏马、千里马。
④趯（tì），跳跃。
⑤淹巘吞峰，指怒云吞没了山峰。
⑥势煞，模样。

茶卡天镜①

地腹②穹庭③咫尺间，
无尘玉镜照云颜。
繁星洒落赏银汉，
朝旭夕阳映彩斓。
盐海长空揉秀色，
雪峰倒影挂危悬。
凭身俯仰皆一样，
上下难言哪是天。

2014 年 9 月 28 日上午游茶卡盐湖
2021 年 7 月 1 日修于北京

注释：

①这里指茶卡盐湖，别称茶卡或达布逊淖尔，是位于青海省海西蒙古族藏族自治州乌兰县茶卡镇的天然结晶盐湖。“茶卡”是藏语，意即盐池。
②地腹，腹地。
③穹庭，天空。

游观青海湖[1]

仙海[2]无瑕碧濎泞[3]，
璇穹[4]献瑞[5]窅映[6]清。
鹰翔鸟啼人晨醒，
紫旦虹辉错彩浓。
天眼陆睛[7]一水得，
澄瀛皎镜地明瞳。
陶然逸域凡尘忘，
心净脱羁任我行。

2014 年 9 月 28 日于青海湖 151 景区酒店

2021 年 6 月 4 日修于北京

注释：

①青海湖，藏语称“措温布”，意为“青色的海”，是我国最大的内陆湖泊和咸水湖。
②仙海，青海湖的别名。
③濎泞（dǐng níng），水清貌。
④璇穹，明净的天空。
⑤献瑞，呈献祥瑞。
⑥窅（yǎo）映，犹远映。
⑦天眼陆睛，指青海湖。

高原祥云·观云玄想①

飘逸行云神骥欢，
高悬玉絮寂悠闲。
穹阊②笑语随风至，
遛宠宫姬③赏禁园。
穷目瓦蓝看透底，
烟鸿凌翥④逛瑶天。
丰融意境发玄想，
上界乘霓⑤戏幻仙。

2014 年 9 月 28 日青海湖（去西宁路途中）
2021 年 6 月 5 日修于北京

注释：

①玄想，幻想。
②穹阊（chāng），天门。
③宫姬，皇宫中的女官。
④凌翥（zhù），高飞。
⑤乘霓，驾着彩虹。

鹧鸪天·晨游青海湖·高原日出

水畔晨观日吻涟①，光波漾映赤烧天。旦云②残月湖心恋③，泼黛山峦波影恬。

乘枥马④，坐金鞍⑤，滩涂鸥步觅甘餐⑥。弄花看海眺霜巘，秘妙高原赏丽颜。

2014年9月29日于去日月山·倒淌河途中

2021年6月6日修于北京

注释：

①日吻涟，意思是日出切面水波。
②旦云，即朝云。
③湖心恋，意为影沉水底。
④枥马，拴在马槽上的马。多喻受束缚，不自由者。
⑤金鞍，镶金的马鞍。古时形容装饰贵的坐骑。
⑥甘餐，美味的饭食。

游日月山①·倒淌河②

日月同辉映赤峦③，
轻风拂绿展经幡。
文成④远嫁和亲路，
负重离乡入吐蕃⑤。
东望长安愁绪起，
西翘雪域泪流川。
山河作证天达鉴，
破镜明心佳话传。

2014年9月29日上午于日月山

2021年6月7日修于北京

注释：

①日月山，位于西宁市湟源县西南部、青海湖东南部。

②倒淌河，位于青海省海南藏族自治州共和县东北部，距日月山40公里的西山脚下。天下河水往东流，偏有此河向西淌，所以人们称此河为“倒淌河”。

③赤峦，初唐时日月山名赤岭，为唐朝和吐蕃实行物资交流和两地使者往来的中转站。

④唐太宗李世民为了沟通藏汉两族的关系，促进文化交流，将年轻美貌的文成公主嫁给吐蕃松赞干布。传说文成公主在赴西藏途中，经过日月山时，回首不见长安，西望一片苍凉，念家乡，思父母，悲恸不止，流泪西行，公主的泪汇成了这条倒淌的河。

⑤吐蕃（tǔ bō），（公元633年—842年）由古代藏族在青藏高原建立的政权，自松赞干布至朗达玛传位九代，延续200多年。

西宁塔尔寺

宗师诞地长菩提[①]，
“衮本”[②]狮佛[③]慰母思。
精博四院[④]育高范，
艺技三绝[⑤]称旷奇。
雕壁[⑥]浮屠[⑦]言释祖[⑧]，
恭虔信众悟禅机。
古刹蜚声彰位赫，
塔先寺后筑须弥[⑨]。

2014 年 9 月 29 日下午于西宁塔尔寺
2021 年 6 月 8 日修于北京

注释：

①菩提，梵文音译词，意思是觉悟、智慧，用以指人忽如睡醒，豁然开悟。
②“衮本”（十万身像）的名称即源于此。
③狮佛，狮子佛像。指释迦牟尼身像。
④四院，指塔尔寺设有显宗、密宗、时轮、医明四大学院。
⑤艺技三绝，油塑、壁画和堆绣被誉为青海塔尔寺的艺术三绝。
⑥雕壁，塔壁浮雕。
⑦浮屠，梵文音译词，意为佛陀。
⑧释祖，释迦牟尼佛，佛教的创始者。
⑨须弥，梵文音译词，相传是古印度神话中的名山。

游坎布拉国家森林公园[①]二首

（一）胜赏酡颜

盘行林壑十八巇[②]，
胜赏丹霞山峻岩。
塔柱峰石宫堡殿，
殊形惟肖色酡颜。
陡崖锥刃冲天矗，
宏琏[③]雄浑壁上悬。
峡谷瑶池[④]波秀映，
傲松擎露势腾轩[⑤]。

2014 年 9 月 30 日晚于西宁汉庭酒店
2021 年 6 月 10 日修于北京

注释：

①坎布拉国家森林公园位于青海省黄南藏族自治州尖扎县境内。
②十八巇，坎布拉地区有十八座奇山险峰。
③宏琏，壮丽。
④瑶池，此指李家峡水库。
⑤腾轩，腾跃高举。

（二）绕赏盆境

万里黄河浊不清，
丹霞绛紫捧澄泓①。
山幽野绿轻烟袅，
披彩②穹林靓袨③浓。
远眺田园坡藏寨④，
窈悠处逸景盆⑤中。
祥云缭绕植潭底，
俯望风颜映静空。

2014 年 9 月 30 日晚于西宁汉庭酒店
2021 年 6 月 11 日修于北京

注释：

①澄泓，水清而深。此指李家峡水库。
②披彩，此指秋色。
③靓袨，华丽耀眼的盛装。
④坡藏寨，指半山坡上的藏族村寨。
⑤景盆，犹盆景。

黄河岔·游览李家峡水库①有感

三江源水②本澄渟，
出道昆仑浊伴行。
岔漶黄塬③浊溷涌，
贵德坝下④储金泓。
川河泽世终归海，
异域殊途貌不同。⑤
来日北南⑥皆秀色，
青山碧潋遍清容。

2015年8月13日于北京
2021年6月10日修于北京

注释：

①李家峡水库，位于青海省尖扎县和化隆县交界处的黄河干流李家峡河谷中段。
②三江源水，此指长江、黄河和澜沧江，故称“三江源”。
③黄塬，指黄土高原。
④贵德坝下，指李家峡水电站（水库），有“天下黄河贵德清”之说。
⑤异域殊途貌不同，主要指同源于三江源的黄河、长江、澜沧江三条河流，流经的不同的区域，从而水质状况不同。
⑥北南，指黄河与长江。

国庆阅金城

巅游白塔①赏金城②，
远道九曲腾景龙③。
列岸风旗舟破浪，
铁桥④枕跨势淳雄。
水滨树色怡人处，
锦簇楼林市盛隆。
陇上精华集重镇⑤，
依偎母子⑥最深情。

2014年10月1日于兰州
2021年6月13日修于北京

注释：

①白塔，兰州白塔山公园，位于甘肃省兰州市黄河北岸，因山头有一元代白塔而得名。
②金城，兰州古称金城。
③景龙，大龙。
④铁桥，指兰州黄河大桥。
⑤重镇，指兰州为西北重镇。
⑥依偎母子，指黄河母子亲情雕像。

重阳登游麦积山①二首

（一）日月同辉

孤耸形奇麦垛山②，
瘦身腴腹③底锥磐④。
萦梯凌挂悬绝壁，
攀蹑凭栏赏丽观。
暮色夕霞生瑞象，
青松翠浪泛斑斓。
日魂月魄同辉映⑤，
照焕重阳⑥兆燕安。

2014 年 10 月 2 日下午（重阳节）于麦积山

2021 年 6 月 14 日修于北京

注释：

①麦积山，中国四大石窟之一。
②麦垛山，指山体形状犹如麦垛。
③腴腹，指鱼肚下的肥肉。
④底锥磐，指麦积山底部像锥子似的扎入地下。
⑤日魂，指太阳。月魄，指月亮。此句意为日月同辉。
⑥重阳，此指重阳节。

（二）孤峰窟龛

重岩叠翠孤峰耸，
秀壁危崖紫褐岩[①]。
栈道凌空悬险曲，
蜂房窟洞嵌金龛。
超脱彩塑神情异，
佚貌[②]仙姿妙肖颜。
媚逸[③]飞天翱彼岸，
佛国愿景世俗缘。

2014 年 10 月 2 日下午（重阳节）游览麦积山

2021 年 6 月 19 日修于北京

注释：

①紫褐岩，此指麦积山颜色，石质皆为紫褐色之水成岩。
②佚貌，美丽的容貌。
③媚逸，秀美脱俗。

玉楼春·重阳夜宿天水小陇山植物园山庄①

阶坡墅舍墩撑座②，枕水石淙门阈过。青山蹊径戴朱冠③，恰意重阳居越客④。

蟾光银瀑飞床闼⑤，夜半鸟鸣言月色。林涛送语⑥倚松窗，邃幕幽栖清影⑦破。

2014 年 10 月 3 日于麦积山景区别墅

2021 年 6 月 16 日修于北京

注释：

①天水小陇山植物园山庄，坐落于风景秀丽的麦积山风景区中心，既具北国风光，又有江南特色。
②墩撑座，指景区别墅的基座是用桩悬撑着。
③戴朱冠，指别墅为红色屋顶。
④越客，多泛指异乡客居者。
⑤床闼（tà），指内室。
⑥林涛送语，指风吹林木发出的声音。
⑦清影，此指月光。

晨观山色·麦积山

晨起循溪见雾岚，
曲攀径道望空山。
幽林翛飒[①]送秋意，
鸟哢[②]逐欢破静恬。
涧壑清泉飞瀑泻，
云花邈影[③]浚池[④]观。
轻烟翠色融诗境，
何处桃源搬陇关[⑤]。

2014年10月3日于麦积山
2021年6月17日修于北京

注释：

①翛飒（xiāo sà），象声词。
②鸟哢（lòng），指鸟鸣。
③邈影，绘画。
④浚（jùn）池，深池。
⑤陇关，指陇山一带地方。

黄帝陵[1]感怀

始祖[2]桥陵[3]气宇轩，
沮河[4]流绕润青山。
国形地势坐龙脉，
松柏繁然守家园。
肇造[5]中华开范世[6]，
文明辟启[7]弃荒蛮。
绵延万古荣昌衍，
德厚殊勋胄裔[8]瞻。

2014 年 10 月 3 日于黄帝陵
2021 年 6 月 20 日修于北京

注释：

①黄帝陵，是轩辕黄帝的陵寝，位于陕西省延安市黄陵县城北桥山。
②始祖，有世系可考的最初的远祖。
③桥陵，黄帝陵。
④沮河，也称沮水，古代称石川河。
⑤肇造，始建。
⑥范世，作世人模范。
⑦辟启，开启。
⑧胄裔，子孙后代。

游壶口瀑布

闻声心切急瞻睹，
触景嗟惊叹诡殊。
九曲天来收弇口[①]，
倾怀飞瀑泻金壶[②]。
龙腾虎啸排山势，
激荡酡涛[③]万骏图。
雷霆訇然吼震旦，
精魂[④]亘古不屈服。

2014 年 10 月 4 日去山西省孝义市路途中
2021 年 6 月 22 日修于北京

注释：

①弇（yǎn）口，小口。
②金壶，壶口瀑布又被称为“金瀑”，故称。
③酡涛，指黄河红色涛浪。
④精魂，寓意中华民族的精神魂魄。

平遥古城[1]游感

屹峙垣楼[2]望盛观，
遗风余韵忆当年。
蚰蜒街巷成八卦，
深院龟城[3]企晏安。
斑门驳壁留往迹，
陈砖云瓦启喧寰[4]。
通商百贾行南北[5]，
票号融金统普天。
岁月沧桑经世变，
今朝遗产复徂颜[6]。

2014 年 10 月 5 日平遥古城到石家庄途中

2021 年 6 月 23 日修于北京

注释：

①平遥古城，位于山西省中部，较为完好地保留着明清时期县城的基本风貌。
②垣楼，城楼。
③龟城，指平遥古城。
④喧寰，喧闹的尘世。
⑤南北，此意为遍布各地。
⑥徂（cú）颜，年轻时的容颜。

游览保定直隶总督部院[①]·阅楹联有感

京畿[②]保定总督院，

多少权臣染史篇。

他事略知衙可览，

楹联警世意渊涵[③]。

履冰勤政操国务，

战兢[④]诚职惧腐贪。

功过是非当另论[⑤]，

箴言镜照检惭颜！

2014年10月6日下午保定返京汽车上

2021年6月25日修于北京

注释：

①直隶总督署，又称直隶总督部院，有“一座总督衙署，半部清史写照”之称。

②京畿，国都及其附近的地区。

③渊涵，包容、深涵，深广。

④战兢，战战兢兢。

⑤另论，另当别论。

草原畅弛

鹧鸪天·坝上避夏

动汗熏蒸面挂珠，心烦身躁气难舒。驱车半日燕山越，坝上郊原[1]弊本[2]除。

天湛澹[3]，絮云逐，坡畴翠绿雨沾濡[3]。畅游四野[5]人愉爽，易境宜生一念殊。

2015 年 8 月 2 日晚大滩镇农家小院

2020 年 12 月修于清水湾

注释：

①郊原，指原野。
②弊本，弊病产生的根源。
③湛澹（zhàn dàn），清澈。
④沾濡（zhān rú），沾湿，浸湿。
⑤四野，广阔的原野。

多伦湖[1]

重岭层峰筑坝连，
青波断渚[2]漾漪涟。
驱车环路行停览，
远眺近前看景观。
云幻天高湖镜映，
鸟翔蝶舞野花妍。
风光醉目临佳境，
人定胜天非笑谈。

2015 年 8 月 3 日晚于大滩镇农家小院
2020 年 12 月修于清水湾

注释：

①多伦湖，位于内蒙古自治区锡林郭勒盟多伦县滦源镇境内。它的前身是锡林郭勒草原上规模最大的水利枢纽工程——西山湾水库。
②断渚，孤特的洲渚。

草原天路[1]

坡陀[2]天路龙腾跃，
俯瞰叠峦近絮云。
沟壑飞花山染翠，
靓白玉体舞风轮[3]。
疾驰饱览怀襟满，
悦享草原驾趣[4]真。
丰夏诡谲嬉作剧，
归程雷雨尽追淋。

2015 年 8 月 5 日早于北京

2020 年 12 月修于清水湾

注释：

①草原天路，位于张家口市张北县和崇礼区的交界处。
②坡陀，山势起伏貌。
③风轮，指风力发电机。
④驾趣，驾驶汽车的乐趣。

出京游内蒙途中览景

郁热京城浃汗扰，
驱车塞外避炎天。
疾驰七百①疏凉②处，
穷目无垠旷草原。
气净空晴风爽畅，
平川碧野绿蓝间。
悠然牛马牧歌画，
游觅羊群云絮迁。

2016年7月22日于阿鲁科尔沁
旗天山镇丽都国际酒店
2020年5月3日修于清水湾

注释：

①七百，指从北京到科尔沁的距离，大约700公里。
②疏凉，微凉。

阿尔山天池[1]

盘缘蹬道[2]时花点，
四顾峰峦嵌玉潭。
苍翠高岑镶碧玉，
霁波倒影纳玄天。
氤氲雾绕翻云浪，
溢绿浮空绘幻观。
瑰景泓然留憾事，
疑谜“四怪”[3]尚虚悬。

2016年7月31日中午游阿尔山天池

2020年5月5日修于清水湾

注释：

①阿尔山天池，位于内蒙古自治区兴安盟阿尔山市。
②蹬道，有踏级的道路。登攀484级台阶。
③四怪：一久旱不涸，久雨不溢；二无河注入，无道泄出，洁净无比；三天池无鱼，傍湖鱼丰；四深不可测。

阿尔山石塘林[1]

熔岩流溢铸石海，
貌异[2]嶙峋隐显溪。
浪涌涛飞澎湃势，
凹凸物态怪皴劈[3]。
青松挺秀根无壤，
野卉争妍草菶萋[4]。
临境遐思穿远古，
洪荒[5]造化育神奇。

2016 年 8 月 1 日上午游览
2020 年 5 月 6 日修于清水湾

注释：

①石塘林，位于内蒙古阿尔山天池东，是大兴安岭奇景之一。
②貌异，外表不相同。
③皴劈（cūn pī），皱缩开裂。
④菶萋（běng qī），草木茂盛貌。
⑤洪荒，混沌、蒙昧的状态。

呼伦贝尔大草原①

中华碧玉嵌鸡冠②，
两水③合称命旷原。
纵目萋芊寻畔际，
纤云弄巧绘蓝天。
平川阔野任驰骋，
蹄踵④履痕⑤新草淹。
素练潺沄⑥流镜浦⑦，
清风翠浪牧心田。

2016年7月31日中午游阿尔山天池
2020年5月9日修于请水湾

注释：

①呼伦贝尔大草原，位于大兴安岭以西，由呼伦湖、贝尔湖而得名。
②鸡冠，中国版图上方东北部，俗称“鸡冠”。
③两水，指内蒙呼伦湖和贝尔湖。
④蹄踵，指牲口的脚。
⑤履痕，足迹。
⑥潺沄，指缓流的水。
⑦镜浦，像镜子一样清澈的水面。

鹧鸪天·满洲里①印象

口岸百年东亚窗，国门雄伟屹遐疆②。三方③景气相融染，异域风情色彩彰。

商贸旺，境安祥，香街④铺面套娃⑤装。边城窥见邻居状，阜盛⑥一隅示世昌。

2016年8月2日中午于满洲里万达广场

2020年5月10日修于清水湾

注释：

①满洲里，原称“霍勒津布拉格”，蒙语意为“旺盛的泉水”。1901年因东清铁路的修建而得俄语名“满洲里亚”，音译成汉语为“满洲里”。它是中国最大的陆运口岸城市，是一座拥有百年历史的口岸城市，融合中俄蒙三国风情，被誉为“东亚之窗”。
②遐疆，边疆。
③三方，此指中蒙俄三国。
④香街，繁华的街道。
⑤套娃，俄罗斯特产的木制玩具，一般由多个一样图案的空心木娃娃一个套一个组成。此代指满街建筑及商品充满俄罗斯风味。
⑥阜盛，丰盛、兴盛。

草原随想

旷野长空随畅想，
草原圹埌[①]溢馨香。
莽苍翠绿今如始，
岑黛绵延目远方。
云舞[②]山歌[③]溪作曲，
风琴[④]天籁鞴鹰[⑤]翔。
河湖墨砚牧蹄笔，
骏马抒怀谱韵章。

2016 年 8 月 2 日中午于满洲里万达广场

2020 年 5 月 15 日修于北京

注释：

①圹埌（kuàng làng），是指原野空荡辽阔的样子。
②云舞，此指云卷云舒。
③山歌，此指山在唱歌。
④风琴，此指风发出的声音。
⑤鞴（bèi）鹰，蹲在臂套上的苍鹰。比喻摆脱羁绊欲展鸿图的人。

观看《木兰秋狝》大型外景演出感赋

木兰秋狝[①]清常典，
控漠[②]拱京[③]朝稷[④]安。
肄武绥藩[⑤]谋硕策，
猎逐妙用固江山。
弯弓纵马防颓废，
战备思危铸统天[⑥]。
历代更迭留肇域，
中华正脉[⑦]永遐传。

2019 年 7 月 24 日晚坝上御道口河畔观看演出
2020 年 5 月 28 日修于北京

注释：

①木兰秋狝（xiǎn），“木兰”，本系满语，汉语之意为“哨鹿”，亦即捕鹿。木兰秋狝即清朝年间皇室权贵秋季的围猎盛事。中国古代在不同的季节打猎有不同的称呼，在春季称为春蒐（sōu），在夏季称为夏苗，在秋季称为秋狝，在冬季称为冬狩。
②控漠，控制漠南。
③拱京，拱卫京师。
④朝稷，朝廷社稷。
⑤肄武绥藩（yì wǔ suí fān），练习武术事，安抚藩镇。这是清朝皇帝的一种政治策略。
⑥统天，统领天下。
⑦正脉，正统、正宗。

游御道口国家草原森林风景区[①]

野卉舒荣织锦毯，
蝶蜂飞舞恋翩跹。
远山横黛涵诗韵，
近水挼蓝落镜天。
旭冉澄泓撷碧秀，
阳斜挂月映霞烟。[②]
重峦叠翠无穷际，
纵目川岑[③]叹盛观。

2019 年 7 月 25 日游御道口草原森林风景区

2020 年 5 月 30 日修于北京

注释：

①御道口国家草原森林风景区，位于承德市围场满族蒙古族自治县的内蒙古高原——坝上高原地区。
②第五、六句，分别指太阳湖和月亮湖。
③川岑（chuān cén），犹言山泽、草野。

游塞罕坝国家森林公园①

穹絮徘徊乡社②恋，
湖泽澄映水灵源③。
潺沄逦迤飘白练，
林海苍茫望远天。
百卉芳菲人醉目，
珍馐④野果鸟饱餐。
湔⑤尘净土诠成理⑥，
诫世生息敬自然。

2019 年 7 月 27 日上午游记
2020 年 6 月 1 日修于北京

注释：

①塞罕坝国家森林公园，位于河北承德市围场县北部，是清代皇家猎苑——木兰围场的一部分。
②乡社，犹乡里，故乡。意云之乡。
③灵源，对水源的美称。意水之源。
④珍馐（zhēn xiū），珍奇贵重的食物。
⑤湔（jiān），洗，清除。
⑥成理，固定的规律。

驾游塞罕坝[①]国家森林草原风景区

黄尘勃滃[②]鸟逃潜，
笃固[③]降沙[④]彻换颜。
丘草卉茵植璀错[⑤]，
绿洲曲流水潺湲。
云杉泼黛涛声韵，
白桦青梼[⑥]翠浪翻。
星布清池[⑦]穹鹊汉，
登游揽秀地高天[⑧]。

2019 年 7 月 27 日上午游记
2020 年 6 月 3 日修于北京

注释：

①塞旱坝，河北省承德市围场满族蒙古族自治县坝上区域，这里原是“黄沙遮天日，飞鸟无栖树”的荒漠，经过几代人的努力，沙地变成了绿洲。
②勃滃（wěng），形容充盛布满的样子。
③笃固，坚定不移。
④降（xiáng）沙，治理沙漠。
⑤璀错，繁盛、盛美。
⑥青梼（táo），青苍挺拔的树木。
⑦清池，水色清澈的池塘。此处指景区内“七星湖”。
⑧地高天，地景似天貌。

驾游乌兰布统[①]草原风景区

孳植[②]绿缛[③]“木兰”苑，
腾郁[④]卿云驻皞天。
四野蒿莱铺荐草[⑤]，
鸣嘶骏马[⑥]免硝烟。
遗墟古战[⑦]寻陈迹，
影视刀光[⑧]忆当年。
圹埌骋观无际畔，
畅驰驹荡[⑨]享酣然。

2019 年 7 月 27 日下午游记

2020 年 6 月 5 日修于北京

注释：

①乌兰布统，蒙语意为红色的坛形山，实指大、小红山，是木兰围场的一部分。
②孳植，滋生、滋长。
③绿缛（rù），形容草木繁茂。
④腾郁，满空飘浮。
⑤荐草，茂盛的牧草。
⑥骏马，此指红山军马场。
⑦遗墟古战，指古代遗留下来的古战场废墟。
⑧影视刀光，指影视剧中刀光剑影战争的情景。此处影视基地。
⑨骀荡（dài dàng），舒缓荡漾的样子，常用来形容春天的景色。

驾游大滩千松坝国家森林公园[1]

松涛桦浪涌岚烟，

叠翠峰峦望近天。

仙子飒缅[2]抛练带[3]，

悬空蜿绕[4]系苍山。

岑绵峰秀瞻横黛，

卉异芳茵竞骋妍[5]。

盘亘巨龙岭起落，

穿云揽胜碧空间。

2019 年 7 月 29 日游记

2020 年 6 月 7 日修于北京

注释：

①千松坝国家森林公园，位于河北省承德市丰宁满族自治县，地处坝上高原与冀北山地交汇处，是“京北第一草原”的重要组成部分。

②飒缅（sà lí），长袖飘舞貌。

③练带，白色熟绢制成的带子。此喻绕山公路。

④蜿绕，蜿蜒盘绕。

⑤骋妍，展现妍丽。

驾游大滩柳树沟稀树风景区[1]

天路[2]蜿蜒坝上[3]行，
山峦逦迤翠微中。
繁花怒放蝶愉舞[4]，
百果飘香鸟脆鸣。
挺秀云杉彰浩气，
玉亭白桦尽柔情。
驰巅越野穿芳甸[5]，
画境穷观[6]醉眼盈。

2019年7月29日游记

2020年6月9日修于北京

注释：

①柳树沟稀树风景区，位于丰宁满族自治县大滩镇境内，是“京北第一草原”的重要组成部分。

②天路，又称第一天路。

③坝上，是一地理名词，特指由草原陡然升高而形成的地带，又因气候和植被的原因形成的草甸式草原。内蒙古高原南缘俗称“坝上”。

④愉舞，欢乐地舞蹈。

⑤芳甸，芳草丰茂的原野。

⑥穷观，遍游。

再走草原天路

靓白[1]玉立面临风，
仙子集群舞遂情[2]。
万壑千沟披黛色，
坝头飞道[3]驾腾龙。
峰峦迤逦无垠际，
如画江山遍翠琼。
恬静民宅时隐现，
远眸偶见绿盖红[4]。
絮云斜日悬遥碧，
一路逐霞[5]奔颢穹[6]。

2019 年 7 月 31 日驾游张北草原天路

2020 年 6 月 11 日整修于北京

注释：

①靓白，艳丽洁白。
②遂情，犹抒情。此两句指风力发电机群。
③飞道，此指汽车在坝脊上奔驰。
④绿盖红，借“绿阴如盖”意，意为绿叶长得十分茂盛，像盖子一样遮盖着，阳光几乎无法透过。红，指红色屋顶。
⑤逐霞，意为由东往西方向行驶，时值下午。
⑥颢穹，指苍天。

草原天路皮桦岭

幽林穹谷[①]峰泼黛，
碧甸[②]舒荣[③]淡翠烟。
白桦玉亭阴柔美，
雪肌[④]洁净倩娇颜。
云杉攒挺[⑤]阳刚气，
轻动松涛绿浪酣。
高阜[⑥]临风观旷野，
山川姿韵自天然。

2019 年 7 月 31 日草原天路皮桦岭

2020 年 6 月 13 日整修于北京

注释：

①穹谷，深谷。
②碧甸，绿色的郊野。
③舒荣，孳生蕃茂。
④雪肌，雪白的肌肤。
⑤攒挺，簇聚挺立。
⑥高阜，高的土山。

天路飞瞰[①]

山丘播物[②]植岑蔚[③]，
芳甸萋芊万木荣。
映日金莲霞绮幻，
穹林[④]烟翠境空灵。
蜂翩蝶舞花含笑，
桦唱松吟鸟郁鸣[⑤]。
天路追云飞瞰色，
丰融[⑥]无际醉其中。

2019 年 7 月 31 日返京驾游
2020 年 6 月 15 日整修于北京

注释：

①飞瞰，游目俯视。
②播物，谓化育万物。
③岑蔚（cén wèi），草木深茂。
④穹林，幽深的树林。
⑤郁鸣，长鸣。
⑥丰融，盛美貌。

鹧鸪天·坝上觅凉

旸燥[①]逐凉坝上行，京驰畅顺半天程。草原旷野无极际，吟鸟飞花尽放情。

云绀碧[②]，水涵空[③]，灵阳[④]化育[⑤]植滋荣。豪遊壮境[⑥]消思虑，身爽心舒沐惠风。

2019年7月31日返京

2020年6月18日整修于北京

注释：

①旸燥（yáng zào），天晴燥热。
②绀碧（gàn bì），天青色。
③涵空，指水映天空。
④灵阳，阳露、朝露。
⑤化育，滋养、养育。
⑥壮境，壮阔之境、壮丽之境、壮美之境。

塞上①行

都城亢热②何从避，
坝上清凉奔草原。
暑假学童得小憩，
携扶③老幼享休闲。
车牌岂止京津冀，
晓信④游人哪路仙。
四域⑤景观姿各异，
客流温度调开关。

2019 年 7 月 31 日返京
2020 年 6 月 21 日修于北京

注释：

①塞上，泛指北方长城内外。
②亢热，酷热。
③携扶，犹言扶老携幼。
④晓信，明白、了解。
⑤四域，指四方之内。

齐鲁游记

游崂山太清宫

道观丛林[①]遐世起，
宋银[②]汉柏[③]唐榆[④]奇。
高岌蓊郁冠苍翠，
槁木虬蟠龙据姿。
绛雪山茶[⑤]牡丹素，
花神幻化有灵犀。
《聊斋》妙笔生《香玉》[⑥]，
倩女书生[⑦]慕恋痴。

2018 年 10 月 11 日上午游崂山太清宫

2019 年 5 月 29 日修于北京

注释：

①丛林，此指和尚聚集修行的处所，泛指大寺院。
②宋银，宋朝的银杏树。
③汉柏，汉代桧柏。
④唐榆，唐代糙叶树。因树干盘曲状如龙头，又称龙头榆。
⑤绛雪，比喻红色花朵。此指山茶。山茶，明代的山茶，为蒲松龄所著《聊斋志异 · 香玉》篇里花神“绛雪”的原型。
⑥《聊斋》《香玉》，系指《聊斋异志 · 香玉》。当年蒲松龄寄居于此，与牡丹、山茶相对，孕育出优美神话故事《香玉》。《香玉》写的是白牡丹和红山茶变成美丽的女子，与一位书生相恋的故事，为《聊斋志异》中的佳作。
⑦倩女书生，指《聊斋志异》中男女主人公。

崂山十二景联韵①

崂峰旭照惹天风，
喷雨凌飞游玉龙。
峭壑霞明成散绮，
蟠松华盖欲飞腾。
仙墩崖厦接蛟浪，
夜静潮平浮月清。
晓雾②横云生幻岭，
北南仙弈斗孤峰。
峭环③门裂瀑潮④雷，
溪涧蔚竹⑤泉韵鸣。
窿眼⑥通天修正果，
石楼特立耸晴空。

2018年10月11日上午游崂山
2019年5月30日修于北京

注释：

①崂山十二景联韵，每句一景，名称依序：巨峰旭照，龙潭喷雨，明霞散绮，云洞蟠松，海峤仙墩，太清水月，狮岭横云，棋盘仙弈，岩瀑潮音，蔚竹鸣泉，那罗延窟，华楼叠石。
②晓雾：清晨的薄雾。
③峭环，环形峭壁。
④瀑潮，指瀑布和海潮。
⑤蔚竹，茂盛的竹林。
⑥窿眼，意为朝天的洞窟。

浣溪沙·青岛奥帆中心

候鸟鸥翔翥蔚蓝，澜波倩影[①]竞千帆。泷涛[②]喷雪吼雷酣。

靓丽地标亲碧潋[③]，通明玉塔[④]祈福安。置身乐境[⑤]客舒颜。

2018 年 10 月 11 日下午游此

2021 年 8 月 31 日整修写于北京

注释：

①倩影，此喻帆船。
②泷涛，汹涌的波涛。
③碧潋，湛蓝的水波。
④玉塔，海塔。
⑤乐境，快乐的境地。

青岛八大关[1]

关隘[2]移植赋路名[3]，
殊街卉木不同容[4]。
庭除[5]静雅联幽境，
敛翠[6]流丹窥瓦红[7]。
别样墅楼独品韵，
一隅汇聚万国[8]风。
海山气象堪臻美，
合璧精培致大成。

2018 年 10 月 11 日下午游此

2021 年 9 月 1 日整理写于北京

注释：

①八大关，该地区大约 10 条道路，均以中国古代军事关隘命名，紫荆关路、宁武关路、韶关路，武胜关路、嘉峪关路、函谷关路、正阳关路、临淮关路、居庸关路和山海关路，俗称为八大关。
②关隘，险要的关口。
③赋路名，此指长城关隘名称用于八大关街道命名。
④不同容，指八大关不同的街道种植的花木不同。
⑤庭除，庭院。
⑥敛翠，凝聚秀色。
⑦瓦红，指别墅的红色屋顶。
⑧万国，世界各国的意思。八大关景区有“万国建筑博物馆”之称。

小重山·青岛小鱼山①

旧地桥亭②眺岸山。低孤凸且显，忆长鲜③。今时促④喘汗登缘。高瞩爽，了愿⑤醉壶天。

环顾景佳观。笋楼云耸峙，海融天⑥。青林红瓦漾流丹。收望眼，小憩⑦醒凡间。

2018 年 10 月 12 日下午去烟台火车上

2019 年 6 月 6 日修于北京

注释：

①小鱼山，青岛市南区鱼山路和福山路交会处。附近有鱼山路，因此得名。
②桥亭，指青岛栈桥。
③忆长鲜，美好而清晰，记忆犹新。
④今时促，指时间短促。
⑤了愿，还愿。
⑥海融天，海天一色。
⑦小憩，稍事休息。

登蓬莱阁[1]

登阁眺海拜瀛仙，
烟屿沧渤[2]竞蚌帆。
幻影[3]难寻穷望眼，
滃溶何处觅奇观。
今休海市[4]澜波漫，
未见蜃楼闲客谈。
凡界八仙得道路，
贞循[5]向善上鸿天[6]。

2018 年 10 月 13 日于蓬莱阁

2019 年 5 月 28 日修于北京

注释：

①蓬莱阁，位于山东省烟台市蓬莱市，是一处凝聚着中国古代劳动人民智慧和艺术结晶的古建群。素以“人间仙境”著称于世，其“八仙过海”传说和“海市蜃楼”奇观享誉海内外。

②沧渤，东海和渤海。

③幻影，此指海市蜃楼。

④海市，大气因光折射而形成的反映地面物体的形象。旧称蜃气。

⑤贞循，守正循理。

⑥鸿天，高天。

烟台长岛[1]

胶辽半岛[2]遥夹峙，
拱卫[3]京津[4]锁蟹脐[5]。
翠玉星罗浮列屿，
黄渤[6]交汇造瑰奇。
礁滩峻壁接鲸浪，
峭岫殊岩[7]送妙姿。
观海听涛迎旭日，
幽林百鸟竞栖息。

2018 年 10 月 14 日游记
2021 年 8 月 30 日修于北京

注释：

①长岛，因境内有长山岛而得名，属山东省烟台市下辖县。
②胶辽半岛，胶东半岛和辽东半岛。
③拱卫，环绕、护卫。
④京津，北京和天津。
⑤蟹脐，意思为蟹的腹部。此喻渤海湾的地形地貌。
⑥黄渤，即黄海和渤海。
⑦殊岩，不同的岩石。

济南大明湖①

一泓碧水半泉城②，
客览③趵突④必大明⑤。
岸柳婀娜荷晃漾，
湖波澄镜絮云行。
亭阁祠榭多遗事⑥，
阅尽沧桑远韵⑦浓。
历代前贤留墨迹，
文骚吟咏染额名。

2018 年 10 月 16 日上午游记
2021 年 9 月 3 日整修写于北京

注释：

①大明湖，山东省济南市区湖泊、济南三大历史名胜之一。
②泉城，济南的别称。
③客览，游客览胜。
④趵突，此特指济南的名泉“趵突泉”。
⑤大明，指大明湖。
⑥遗事，此多指古人政绩、行踪、故事。
⑦远韵，高远的风韵。

观趵突泉[1]

游毕大明观泺源[2]，
湖[3]恬泉[4]涌景独然。
群窟觱沸[5]声雷殷，
喷奋珠玑趵貌冠。
雾袅波粼亭影醉，
凭栏水趣柳拂涟。
康乾[6]双御[7]品茗榭，
千古文姝[8]漱玉[9]安。
咏题胜迹临愉目，
览赏直觉笔墨牵。

2018 年 10 月 16 日下午游记

2019 年 6 月 8 日修于北京

注释：

①趵突泉，位居济南 72 名泉之冠，素有“游济南不游趵突泉不成游”之说。
②泺（luò）源，趵突泉又名槛泉，为泺水之源。古人称大明湖为“泺”。
③湖，指大明湖水。
④泉，指趵突泉。
⑤觱（bì）沸，泉水涌出貌。
⑥康乾，康熙与乾隆。
⑦双御，是指院内的双御碑，记载着康熙三临、乾隆二临趵突泉的题词诗文，标示着趵突泉的非凡地位。
⑧文姝，指才女。此指李清照。
⑨漱玉，指漱玉泉。宋代著名女词人李清照故居就坐落在漱玉泉边。

浣溪纱·缘聚

岁月迁绵①天结缘，同窗忆念②自油然。重逢素鬓笑徂颜。

往事如昨难忘昧，欢愉齐鲁友情牵。三刘③挚热④复韶年⑤。

2018 年 10 月 16 日晚于济南

2019 年 6 月 1 日修于北京

注释：

①迁绵，谓时间迁移。
②忆念，思念。
③三刘，指青岛刘万顺、烟台刘峰山、济南刘清泉三位同学。
④挚热，恳切、热烈。
⑤韶年，美好的岁月。

重阳游泰山二首

（一）

重阳跻岱凌绝顶，
纵目临风身跨空。
嶒峻青云拂月桂，
天街[①]道观避尘笼。
他山异秉[②]独尊[③]领，
捧日擎天四海清。
隽语箴言闻启世，
危巅聆籁[④]沐芳风。

2018 年 10 月 17 日（重阳节）于泰安回京高铁上
2019 年 6 月 10 日修于北京

注释：

①天街，指泰山南天门向东到碧霞祠的一段街道，商铺林立，亦市亦街，形成了特有的风俗。
②异秉，与众不同、异于常人之处。
③独尊，独居首位。此指“五岳独尊”。
④聆籁，聆听天籁。

（二）

巍蟠①岳首②峙天东，

曦露面瀛迎旭升。

华夏精魂凝万世，

松石气骨砺德行。

青山移步景生色，

俯仰幽觌③貌不同。

天地交融临悟境④，

登巅畅目揽层峰。

2018 年 10 月 18 日于北京西三旗

2019 年 6 月 12 日修于北京

注释：

①巍蟠，高大而盘曲。
②岳首，对泰山的尊称。
③幽觌（dí），幽静地欣赏。
④悟境，了悟或忘我的境界。

泰山

神州首岳含玄气，
吐纳风云贯地穹①。
盛世帝王封禅②典，
洪德③伟绩表神功。
承平④社稷固基业，
重整乾坤受命行。
百姓祈福怀夙愿，
吾临绝顶拜尊容。

2019 年元月 24 日于海南清水湾
2019 年 6 月 17 日修于北京

注释：

①地穹，此指大地与天空。
②封禅，封为“祭天”，禅为“祭地”，指中国古代帝王在太平盛世或天降祥瑞之时的祭祀天地的大型典礼。
③洪德，大德。
④承平，指社会秩序安定平稳。

武当神农

武当山·金顶①

仰登②阶陛入天门，
烂赏③琼阁踏碧云。
耀灿穹崇④凝紫气，
柱峰⑤殿宇镀镏金。
临风极目收绝色⑥，
斗柄⑦邻居近月轮。
积翠叠波清化界，
群山环拱⑧拜独尊。

2017年9月18日于武当山金顶

2020年12月修于清水湾

注释：

①金顶，武当山主峰天柱峰顶上的金顶，是武当山的精华和象征。
②仰登，谓仰上而登也。
③烂赏，随意欣赏。
④穹崇，形容声望或地位崇高。
⑤柱峰，指天柱峰。
⑥绝色，指极其美丽的容貌。
⑦斗柄，指北斗七星中玉衡、开阳、摇光三星。在北斗七星中，第五至七颗星，排列成弧状，形如酒斗之柄，故称。
⑧环拱，环绕。

武当山·紫霄宫[1]

展旗峰下紫霄宫，
云外清都[2]福地[3]称。
文武修行成大道[4]，
高悬巨匾蕴深宏[5]。
孝亲[6]恩养供轩殿，
吕祖[7]宗师[8]侍恪恭。
妙悟玄真潜净境，
化身金阙[9]步蓬瀛。

2017 年 9 月 18 日下午于武当山紫霄宫
2020 年 12 月修于海南清水湾

注释：

①紫霄宫，又名“太元紫霄宫”，坐落在武当山的主峰——天柱峰东北的展旗峰下，明永乐皇帝封之为“紫霄福地”。
②清都，神话传说中天帝居住的宫阙。
③福地，旧时常指道观寺院。
④大道，古代指政治上的最高理想。此指真武大帝。
⑤深宏，深邃宏大。此指父母殿。
⑥孝亲，孝敬父母。
⑦吕祖，指吕洞宾。
⑧宗师，指张三丰，太极拳创始人。
⑨金阙，仙人所居的宫阙。此意为在此化身。

武当山·南岩①

欹危② 浚壑临绝涧，
霞岭③ 奇峰近九玄④。
上界⑤ 琳宫⑥ 尊圣地，
丹墙翠瓦弇⑦ 林间。
飞升崖巘烟云绕，
探壁龙头⑧ 万仞悬。
谷震山鸣颜竞秀，
丹台⑨ 真境⑩ 在南岩。

2017 年 9 月 19 日上午武当山南岩宫

2020 年 12 月修于清水湾

注释：

①南岩，指南岩宫。
②欹（qī）危，倾斜危险貌。
③霞岭，高山峻岭。
④九玄，九天，指天空最高处。
⑤上界，传说中神仙居住的地方。
⑥琳宫，仙宫。
⑦弇（yǎn），覆盖、遮蔽。
⑧龙头，指悬崖石雕龙头拜香。
⑨丹台，神仙的居处。
⑩真境，仙境。

神农架·板壁岩①

板壁屏风天画②貌，
近猴驼远③各逍遥。
箭竹郁盛藏玄秘，
旷古坊传时闹嚣。
隐逸野人④寻遁迹⑤，
目击实体见棚茅。
幽踪⑥栖影⑦潜何处？
定谳⑧查究路邈迢。

2017 年 9 月 20 日于木鱼镇暇日酒店

2020 年 12 月修于清水湾

注释：

①板壁岩，位于神农架自然保护区内，被称为“石林”和“野人的出没地”。
②天画，指天然形成的上苍原始“设计”的初稿。
③近猴驼远，指板壁岩形态。
④野人，是一种未被证实存在的高等灵长目动物，直立行走，比猿类高等，具有一定的智能。
⑤遁迹，避世、隐居。
⑥幽踪，谓归隐。
⑦栖影，隐迹、寄身。
⑧定谳（yàn），定论。

念奴娇·神农架[①]

鄂西玩境[②]，话神农、横亘汉江[③]岑岭。峰秀林岚，塬草甸、云岫涧峡奇洞。青径潺溪，瀑溜[④]静象，溢野情清瑛。画廊长卷，纳集灵气嘉景。

邈想[⑤]遐古[⑥]元形[⑦]，攀岩搭架，采药扶贫众。至伟功德，华夏祖、故此受名褒颂。钟毓天园，洪荒始貌，幸猎奇寻胜。畅游逐梦，访源流[⑧]拜仁圣[⑨]。

2017 年 9 月 21 日于木鱼镇暇日酒店

2021 年 1 月 18 日修于清水湾

注释：

①神农架，位于湖北省西部一片群峰耸立的高大山地，横亘于长江、汉水之间。相传因上古的神农氏在此搭架上山采药而得名。

②玩境，观赏景物。

③汉江，即江汉地区。

④瀑溜，同“瀑流”。指瀑布。

⑤邈想，犹遥想。

⑥遐古，远古。

⑦元形，大自然赋予的形态，指万物。

⑧源流，水源和水流，比喻事物的起源和发展。

⑨仁圣，仁德圣明。

恩施大峡谷·云龙地缝①

地缝创伤万仞渊，
垂斫②峡谷堑夹天。
对飞素练泻川壑，
湍阻雷轰③负鼓④酣。
栈道龙蛇游峭壁，
瞰流仰瀑撼心悬。
神工造景先知否？
裂罅⑤遗痕成大观⑥。

2017年9月23日中午于地缝大峡谷
2020年12月修于清水湾

注释：

①云龙地缝，即云龙河地缝，位于恩施大峡谷境内，纵贯大峡谷前山绝壁脚下。全长约20公里，平均深度100米。
②斫（zhuó），用刀、斧等砍削。
③雷轰，雷鸣轰隆声、如雷的响声。
④负鼓，击鼓。负，通掊（pǒu），击。
⑤裂罅，破裂之缝隙。
⑥大观，盛大壮观的景象。

恩施大峡谷[①]·七星寨·绝壁长廊

悬崖雾壑藏长卷，
远眺凭临境入玄[②]。
巨浪泷涛冲谷底，
浮游[③]天阙渡蓬山[④]。
情深母子[⑤]沐云海，
伴侣凝眸伫默然。
香灶孤削[⑥]插九野[⑦]，
群峰仰首拜遐年。

2017 年 9 月 23 日下午于去恩施汽车上

2020 年 12 月修于清水湾

注释：

①恩施大峡谷，位于湖北省恩施市屯堡乡和板桥镇境内，地处湘、渝、鄂三省交界处，是国家 5A 级旅游景区。
②入玄，谓达到玄妙的境界。
③浮游，漫游。
④蓬山，即蓬莱山。
⑤母子、伴侣、香灶（一炷香），均为景区内的象形山峰。
⑥孤削，独立挺拔。
⑦九野，犹九天。

恩施大峡谷·五大奇观①

云自清江②腾巨龙，
蜿蜒百里体丰盈。
九崖③凸起峰林上，
重巘凹洼峭壁中。
地缝怪石斑彩色，
流泉飞瀑碧溪淙。
岚霏④幽岫虹桥越，
水物天人境象⑤融。
伏流⑥罕见所知最，
竖井天坑⑦暗互通。
五大奇观集畛域⑧，
凡间胜景竞韶容。

2017 年 9 月 23 日晚于恩施市酒店

2020 年 12 月修于清水湾

注释：

①诗中描述了五大奇观，依次为：清江升白云、绝壁环峰丛、地缝接飞瀑、天桥连洞群、地缝配竖井。

②清江，长江一级支流，古称夷水。

③九崖，高耸的山峰。

④岚霏，山间云雾。

⑤境象，景象。

⑥伏流，潜伏在地下的水流。

⑦天坑，是指发育在碳酸盐岩喀斯特地区的一种周壁峻峭、深度与口径可达数百米的喀斯特负地形，具有巨大的容积，底部与地下河相连接。

⑧畛（zhěn）域，指界限、范围、境域、区域。

恩施大峡谷·绝壁行

览胜无须恃眺台[1]，
目及[2]所向[3]画屏开。
起伏拐角悬崖绕，
壁上千幅万卷来。
渊谷低峰云幻像，
氤氲缥缈寓思[4]猜。
孤香[5]峭耸轻烟袅，
遗世脱凡渡沈埃[6]。

2017年9月24日由恩施返京火车上
2020年12月修于清水湾

注释：

①眺台，供人眺望远方的高台。
②目及，看到。
③所向，指向的地方。
④寓思，寄托的情思。
⑤孤香，此指景观“一炷香”孤峰。
⑥沈埃，落下的尘埃。

水调歌头·神农谷云海

林巘藏岚雾，喷吐色空灵。蓦然烟霭腾虎，霎雪浪蛟龙。波荡鲸涛汹涌，来势横澜犇马，击岸默嘶声。形恍惚玄幻，态诡貌①无穷。

云间松，谷里海，幛中峰。隐现姿影，倏瞬②漾漭物潜踪。退露峦山佳妙，缥缈零星汀渚③，舟壑④渡蓬瀛。令逸想⑤神往，景境⑥目瞀凝。

2017 年 9 月 20 日上午游览神农谷记景

2021 年 1 月 20 日修于清水湾

注释：

①诡貌，奇特的形貌。
②倏（shū）瞬，一瞬间。
③汀渚，水中小洲或水边平地。
④舟壑，藏在山谷中的船。后借指世事。
⑤逸想，超尘出世的思想。
⑥景境，美景和美境。

神农架·香溪源①

神农妙境育香溪，
翠雾林隈②织雨丝。
逆溯梯苔③石栈渡，
氿泉④瀑沫⑤素湍急。
伏流暗涌入源沼⑥，
炎帝⑦攀岩涤药池。
秀水灵奇鞠故土，
骚魂⑧落雁⑨最熟知。

2017年9月20日晚木鱼镇暇日酒店

2020年12月修于清水湾

注释：

①香溪源，神农架内香溪源景区是香溪的源头。相传王昭君在出塞和亲之前，曾回故乡省亲，她路过溪边，在溪流中洗脸时，将一串珍珠失落其中，从此，溪水一年四季清澈见底，芳香扑鼻，故名香溪。
②林隈（wēi），林木曲深之处。
③梯苔，谓长满苔藓的磴道。
④氿（guǐ）泉，从侧旁流出的泉水。
⑤瀑沫，飞溅的水沫。
⑥源沼，池水、池沼。
⑦炎帝，据传香溪源为炎帝洗药池。
⑧骚魂，指屈原。
⑨落雁，指王昭君。

苏幕遮·恩施大峡谷·七星寨观景

攒峰[①]翠，绝壁竦。峭岫[②]倚天，谷壑移叠岭。缥缈氤氲容隽永[③]。尘外游仙[④]，化景[⑤]如诗梦[⑥]。

崭崖耸，松秀挺。云雾相缭，隐现岚烟纵。高逸[⑦]飘然姿俏影。啸傲[⑧]独峰，心赏[⑨]绝佳境[⑩]。

2017 年 10 月 9 日于北京西三旗

2021 年 1 月 26 日修于清水湾

注释：

①攒峰，密集的山峰。
②峭岫，陡峭的峰峦。
③隽永，意味深长、引人入胜。
④游仙，漫游仙界。
⑤化景，变幻的景色。
⑥诗梦，如诗一般的梦境、美梦。
⑦高逸，高雅脱俗、俊逸跌宕。
⑧啸傲，放歌长啸，傲然自得。指逍遥自在，不受世俗礼法拘束。
⑨心赏，犹心爱。心情欢畅。
⑩佳境，美好的境界。

杭州憩赏

写在杭州诗编[1]之首

神工雕胜致[2]，
西子[3]诱游心[4]。
姿彩相宜适，
绝殊景象新。
山湖撷秀色，
婉丽自天人[5]。
自古多骚句，
惭惶[6]试咏吟。

2013 年 10 月 15 日晚于杭州玉皇山路海军疗养院

2021 年 5 月 6 日修于北京

注释：

①诗编，意思为诗集。
②胜致，优美的景致。
③西子，春秋越国美女西施。代称西湖。
④游心，浮想骋思。
⑤天人，自然与人类，天人合一之意。
⑥惭惶，羞愧惶恐。

雷峰夕照[1]二首

（一）

远望山岚近雾纱，
湖光秀色境清佳。
长空云物游西子，
碧水涟漪话拜嘉[2]。
斜照夕阳横塔影，
瑰琼[3]披镀落流霞。
淡妆浓抹留思忆，
尘世天堂萃物华[4]。

2013 年 10 月 16 日上午于杭州雷锋塔
2021 年 2 月 20 日修于清水湾

注释：

①雷峰夕照（雷锋山），位于杭州市西湖湖南、净慈寺前的夕照山上，因晚霞镀塔，佛光普照而闻名。
②拜嘉，拜谢美好的惠赠。
③瑰琼，美石、美玉。
④物华，物的精华。

（二）

白姝[①]借伞[②]断桥畔，
慕恋凡间会许仙。
法海难容囚塔底，
磨折子救复团圆。
斜晖蟾彩染暝色，
痴望雷锋[③]思史源。
旧地清游添浪漫，
湖边伴侣叙情缘。

2013 年 10 月 16 日上午于杭州雷锋塔
2021 年 2 月 22 日修于清水湾

注释：

①白姝，“白衣之姝”，指白蛇白娘子。
②借伞，指白娘子断桥借伞会许仙的故事。
③雷锋，指雷峰塔。

花港观鱼①

清溪倚麓流花港，
列岸寻幽见碧池。
卧水曲桥凭俯赏，
金鳞②异色逸游集。
微风过处英轻落，
鱼著锦衣啜噆③嬉。
山影波光遐想幻，
尽得奇秀在湖西④。

2013 年 10 月 16 日下午；晚于杭州疗养院
2021 年 2 月 26 日（正月十五元宵节）修于清水湾

注释：

①花港观鱼，位于西湖苏堤南段西侧。三面临水，一面倚山。一条清溪流（名为花溪）经此处注入西湖，故称花港。
②金鳞，金色的鱼鳞，常借指鱼。
③啜噆（zuō zǎn），咬，叮。
④湖西，指“花港观鱼”的位置。

南屏晚钟（净慈寺）[1]

南屏古刹望雷峰，
暮色烟霞蕴禀灵[2]。
向晚[3]钟声传畅远，
篆烟禅意伴悠鸣。
湖山林壑留夕景，
殊胜天竺[4]渡众生。
道济[5]脱羁施劝善，
结缘范世获佳名。

2013 年 10 月 16 日下午游杭州净慈寺，晚于疗养院
2021 年 2 月 28 日修于清水湾

注释：

①南屏晚钟（净慈寺），位于杭州市的西湖南岸，雷峰塔对面，是西湖历史上四大古刹之一。因为寺内钟声洪亮，所以“南屏晚钟”成为“西湖十景”之一。
②禀灵，秉受灵秀之气。
③向晚，天色将晚、傍晚。
④天竺，古代中国以及其他东亚国家对当今印度和其他印度次大陆国家的统称。
⑤道济，即济公，南宋高僧，后人尊称为“济公活佛”。

曲院风荷

亭阁轩廊桥曲院，
红白金翠①映清涟。
青苔幽径移殊景，
荡漾风荷馨逸添。
山水人花②融③画卷，
销魂悦目醉壶天。
诗词榜刻④多遗墨，
轶趣⑤康乾⑥别字圆⑦。

2013年10月16日游览，晚于杭州疗养院
2021年8月11日修于北京

注释：

①红白金翠，不同颜色的荷花。
②山水人花，分别指境物。
③融，融为一体。
④榜刻，犹题刻，意思是题字刻石。
⑤轶趣，犹轶闻趣事，指世人不知道而感兴趣的传闻和故事。
⑥康乾，是清朝初期和中期的两位皇帝康熙和乾隆年号的简称。
⑦别字圆，这里指的是，康熙题写“曲院风荷”，立碑在曲院亭中。可惜的是这位“千古一帝”写了个别字“曲”。

柳浪闻莺①

空摇②翠浪钱湖③影，
万缕垂绦④醉柳情。
异木名花饰点景，
轻歌婉丽竞啼鸣。
青丝⑤曼妙烟姿舞，
罅隙⑥帘光⑦不见莺。
潋滟澄莹临水顾⑧，
参差树色⑨渌波清。

2013 年 10 月 17 日于杭州

2021 年 8 月 14 日修于北京

注释：

①柳浪闻莺，是位于西湖东南岸，清波门处的大型公园。其间黄莺飞舞，竞相啼鸣，故有“柳浪闻莺”之称。
②空摇，空中摇曳。
③钱湖，即西湖。亦称钱塘湖。
④垂绦，垂悬的柳枝。
⑤青丝，一般是指轻柔地摇曳着的东西，如柳条，发丝等。
⑥罅隙，缝隙。
⑦帘光，意指柳丝如帘，撩动隙光。
⑧临水顾，在水边观看。
⑨树色，意思是树木的景色。此处可理解为树影。

浣溪沙·平湖秋月[①]

静镜粼光皓月空，银蟾泻影[②]照漪明[③]。金秋流览送清风。

境物天择皆毓秀[④]，四时异景各钟灵[⑤]。浓妆淡抹享高情。

2013 年 10 月 17 日于杭州

2021 年 8 月 15 日修于北京

注释：

①平湖秋月，位于白堤西端，背倚孤山，面临外湖。每当清秋气爽，西湖湖面平静如镜，秋月当空，月光与湖水交相辉映，颇有“一色湖光万顷秋”之感，故题名“平湖秋月”。

②泻影，照耀（射）。

③漪明，犹明漪，明净的涟漪。

④毓秀，孕育着优秀的人，指山川秀美，人才辈出。

⑤钟灵，谓灵秀之气汇聚。

岳墓栖霞①

未雪②冲冠遭佞陷③，
“莫须有”谬铸④奇冤。
青山碧水埋忠骨，
绚美栖霞映寸丹。
贼桧⑤反接罚跪练，
古今挞戮⑥唾国奸。
民族精髓英雄魄，
史册昭铭⑦百世传。

2013年10月17日于杭州
2021年8月17日整理于北京

注释：

①岳墓栖霞，岳墓背靠栖霞岭，苏堤北面，夕阳西下，岳墓上道道霞光，非常绚美，因而得名“岳墓栖霞”。
②未雪，国仇家恨都还没报的意思。出自岳飞《满江红》。
③佞（nìng）陷，奸佞陷害。
④谬铸，荒谬而造成的。
⑤贼桧，佞臣秦桧。
⑥挞戮（tà lù），挞辱。
⑦昭铭，清楚地铭刻。

西溪湿地公园①二首

（一）

蒹葭吐絮风纷乱，
火柿盈枝②水映燃③。
鸟鹭徘翔鸣婉转，
锦鳞泼剌④弄漪涟。
泊庵⑤静雅积林翠，
仙岛人家罩柳烟。
跻览棹舟登渚岸⑥，
坝行⑦野趣醉陶然。

2013 年 10 月 18 日游览，晚于杭州疗养院

2021 年 8 月 13 日修于北京

注释：

①西溪湿地公园，位于杭州市西湖区和余杭区西北部。
②盈枝，挂满了树枝头。
③水映燃，意为映红了水波。
④泼剌（Pō là），鱼跃声，象声词。
⑤泊庵，整个庄园又像是仙岛泊于水上，故名泊庵。庵，草堂。
⑥登渚岸，登洲岛上岸。
⑦坝行，坝上行走。

（二）

登览河塘湖沼岛，
秋芦飞雪柳含烟。
陌阡闲步风亭憩，
曲水①泛舟鳞萃②欢。
四野充然人饱眼，
鸟禽嬉耍鹭翩幡。
望山行水乡愁忆，
企盼凡间遍乐园。

2021 年 12 月 18 日修于清水湾

注释：

①曲水，此指弯弯曲曲的河道。
②鳞萃，鳞集，群集。

九溪烟树[①]

朦胧丝雨九溪潺，
挂练鸣泉入濬潭。
薄雾微濛栖碧树，
憩亭环翠坐空山。
斜枝亲水摇波影，
雅静幽姿笼柳烟。
窕邃[②]清绝行古道[③]，
氤氲幻杳赏游仙。
曲流路转十八涧，
信步瞻玩[④]悠溯源。
嶰壑[⑤]尽头何景致？
淙琤[⑥]细语话茶园。

2013 年 10 月 19 日上午于九溪乾隆古道雨中行，
晚于杭州疗养院
2021 年 3 月 3 日修于海南清水湾

注释：

①九溪烟树，又称“九溪十八涧”，位于西湖西边群山中的鸡冠垅下。
②窕邃，幽深貌。
③古道，意思是古旧的道路。据称乾隆皇帝曾到此游历，故此又称乾隆古道。
④瞻玩，观赏、玩赏。
⑤嶰壑，涧谷。
⑥淙琤（cóng chēng），玉相碰击声，亦以形容水流相激声。

龙井问茶（杨梅岭）[1]

九溪上溯杨梅岭，
雨霁烟岚挂宛虹[2]。
苍翠欲滴山秀润[3]，
茶田坡麓顶青松。
粉墙黛瓦[4]依山势，
树影参差画境行。
林壑泉溪抒意韵，
清幽胜处蕴空灵。
色味香形[5]弥馥郁，
问茶亭憩品芳茗。

2013 年 10 月 19 日上午于楊梅岭
2021 年 3 月 4 日修于海南清水湾

注释：

①龙井问茶（杨梅岭），杨梅岭村地处西湖风景名胜区南线，是钱江景区中九溪十八涧的发源地。
②宛虹，弯曲的虹。
③秀润，清秀而有光泽。
④粉墙黛瓦，雪白的墙壁，青黑的瓦，用来描写房屋。
⑤色味香形，龙井茶素以“色翠、味甘、香郁、形美”四绝著称。

满陇桂雨[①]

吴刚伐桂[②]撒嘉种，
满陇繁葩[③]金粟盈。
素艳[④]珠花披玉树，
未临[⑤]鼻到[⑥]嗅馨迎。
落英沐雨袭人醉，
四溢幽芳不借风。
此景岂独吴越[⑦]有，
天香斯处更鲜浓。

2013 年 10 月 19 月中午于杭州

2021 年 3 月 4 日修于清水湾

注释：

①满陇桂雨，位于浙江省杭州市西湖区的景点。满家弄，位于杭州西湖以南，是南高峰南麓的一条山谷，自唐代起就遍植桂花。每当金秋季节，珠英琼树，桂花盛开，百花争艳，香飘数里，香满空山，沁人肺腑。

②吴刚伐桂，是古代中国神话传说之一。相传吴刚受天帝惩罚到月宫砍伐桂树，但桂树随砍随合。吴刚每天伐树不止，千万年过去了，那棵神奇的桂树依然如旧，生机勃勃，每临中秋，馨香四溢。

③繁葩，桂花的别名。因其色黄如金，花小如粟，故称。

④素艳，素净而美丽。

⑤未临，人还未到。

⑥鼻到，鼻子已先闻到香味了。

⑦吴越，中国江浙地区的借代词。

虎跑梦泉①

高僧②验梦虎移泉，
曲径循溪觅浚源。
客举匏樽③清帝膳④，
渊澄甘洌涧流潺。
济癫⑤藏骨⑥崇轩殿，
竹韵松风伴修禅。
憩赏幽真尘不染，
淙声隽语话贤言。

2013 年 10 月 19 日下午于杭州跑虎泉

2021 年 3 月 6 日修于清水湾

注释：

①虎跑梦泉，位于西湖之南，大慈山定慧禅寺内。
②高僧，唐代高僧性空。
③匏樽（páo zūn），意思是匏制的酒樽，亦泛指饮具。
④清帝膳，指清康熙二十八年（1689），康熙帝南巡时膳饮，赐名“云林禅寺”。
⑤济癫，济公的别称。
⑥藏骨，埋葬。

瑶盘千翠·游千岛湖[1]

千嶂[2]叠联锁碧涟，

千颗翡翠落瑶盘。

千帆[3]漾影翔鸿鹭，

千重[4]澄澜荡渚烟。

千巘嵌根[5]潜潋滟，

千秋[6]古邑[7]覆涵淹[8]。

山川改貌生新艳，

八面和风绘锦篇[9]。

2013 年 10 月 20 日于浙江千岛湖

2021 年 3 月 10 日修于文昌天海紫贝

注释：

①千岛湖风景区，又称新安江水库，位于杭州市淳安县境内。千岛湖呈树枝型，湖中大小岛屿 1078 个，千岛湖中大小岛屿形态各异，群岛分布有疏有密，罗列有致。

②千嶂，千峰嶂，高险的山。

③千帆，众多的帆船。

④千重，千层，层层叠叠。

⑤嵌根，崖岸底部。

⑥千秋，指千年时间，形容时间很长。

⑦古邑，古代的村落。

⑧涵淹，犹覆盖。

⑨锦篇，华美的篇章。

浣溪沙·舟遊千岛湖

亘古[①]连峦横黛山，今朝堤坝铸安澜。繁星岛渚笼岚烟。

灏瀚[②]鳞波浮灿焕，腾轩雪鹭[③]伴樯帆[④]。临风揽秀醉酣然。

2013年11月25日于北京

2021年9月22日修于北京

注释：

①亘古，自古以来。
②灏瀚，浩瀚。水势广大貌。
③雪鹭，白鹭。
④樯帆，船上的风帆。

杭州三怪①

断桥不断②源残雪，
邂逅蛇仙③续爱缘。
九曲长桥④浮水绕，
双蝶⑤眷恋复飞⑥延⑦。
孤山⑧胜境集灵秀，
翠屿临风好倚栏。
谐怪空名涵美咏⑨，
留得佳话世流传。

2013 年 10 月 20 日晚于杭州海军疗养院

2021 年 5 月 7 日修于北京

注释：

①杭州三怪：断桥不断、长桥不长、孤山不孤。

②西湖断桥，位于杭州北里湖和外西湖的分水点上，一端跨着北山路，另一端接通白堤。断桥之名得于唐朝。断桥残雪景观内涵说法不一，一般指冬日雪后，桥的阳面冰雪消融，但阴面仍有残雪似银，从高处眺望，桥似断非断。

③蛇仙，指《白蛇传》中白素贞与许仙人蛇相恋的爱情故事。

④长桥不长，指的是梁山伯与祝英台，两人在桥上送别，依依不舍，你送过来，我送过去，来回送了十八次。桥虽不长情意长，故民间有长桥之称。

⑤双蝶，指梁山伯与祝英台变成双蝶的爱情故事。

⑥复飞，重复往返。

⑦延，延长。

⑧孤山，位于西湖风景区旁，是西湖中最大的岛屿，面积 20 公顷，山高 38 米，是文物胜迹荟萃之地。孤山不孤，传说林和靖梅妻鹤子，归隐孤山，山虽不孤君心孤。

⑨美咏，赞美、咏叹。

脊梁·参观鲁迅故居感怀

巨匠[1]少勤[2]三味堂[3]，
诗书子史百家尝。
爱憎入髓心中溢，
锻造高洁铸脊梁[4]。

2013年10月21日上午于绍兴

2021年3月16日修于清水湾

注释：

①巨匠，泛称在文学艺术上有杰出成就的人。此指鲁迅。
②少勤，指少年勤奋好学。
③三味堂，即三味书屋，是清末绍兴城里著名私塾。在鲁迅先生故居附近，是鲁迅先生少年时期读书的地方。
④子史，指诸子、史籍。
⑤脊梁，脊柱，比喻支撑事物的中坚力量。

沈园[①]·情愫

陆唐连理双真笃，棒打鸾凰孤枕鸳[②]。

遗恨离肠鸣“错”“莫”[③]，装欢怨懑诉“难”“瞒”[④]。

《钗头凤》韵成绝唱，眦泪[⑤]愁端入碧涟。

诗壁[⑥]悲歌[⑦]留至意，沈园境物话情缘。

2013 年 10 月 21 日上午于绍兴沈园

2021 年 3 月 21 日修于清水湾

注释：

①沈园，位于绍兴市越城区鲁迅中路，宋代江南园林。沈园轶事：1141 年，陆游娶唐琬为妻，婚后夫妻感情甚笃，双方都以为可以偕老百年。不料陆游的母亲不喜欢这个媳妇，迫使陆游休弃了唐琬。此后，陆游另娶妻子王氏，并有了三个孩子，唐琬也改嫁赵士程。11 年后的春天，陆游到沈园游玩，偶遇唐琬与赵士程。唐琬将此事告诉了赵士程，并以黄酒殷勤相待。陆游深感其情，怅然饮之，酒后挥毫在沈园墙上写下《钗头凤》。据说陆游走后，唐琬见到墙上的《钗头凤》词，也和了一首，可惜全词没能流传下来。后人不忍让唐琬的才情埋没，依断句补拟了一首《钗头凤》。

②枕鸳，绣在枕上的鸳鸯。借指情侣。

③“错”“莫”，出自陆游《钗头凤·红酥手》：红酥手，黄縢酒，满城春色宫墙柳。东风恶，欢情薄。一怀愁绪，几年离索。错、错、错。春如旧，人空瘦，泪痕红浥鲛绡透。桃花落，闲池阁。山盟虽在，锦书难托。莫、莫、莫！

④“难”“瞒”，出自唐琬和的《钗头凤》：世情薄，人情恶，雨送黄昏花易落。晓风干，泪痕残。欲笺心事，独语斜阑。难！难！难！人成各，今非昨，病魂常似秋千索。角声寒，夜阑珊。怕人寻问，咽泪装欢。瞒！瞒！瞒！

⑤眦（zì）泪，犹眼泪。

⑥诗壁，此指书写《钗头凤》的墙壁。

⑦悲歌，指陆唐的《钗头凤》。

兰亭[1]游记·曲水流觞

书圣集贤兰渚[2]聚，
淙溪环曲祀流觞[3]。
欢娱雅咏抒诗致，
酣畅挥毫书序章[4]。
神逸行云留妙墨，
诸“之”[5]鹅态展殊相。
玑珠遒美[6]绝天下，
佳话千秋广叹扬。

2013 年 10 月 21 日下午绍兴返杭大巴车上
2021 年 3 月 25 日修于清水湾

注释：

①兰亭，位于绍兴市西南 13 公里的兰渚山麓，是一座晋代园林，曾是东晋著名书法家王羲之的住所。
②兰渚，在浙江省绍兴市西南。
③流觞，古人每逢农历三月上巳日于弯曲的水渠旁集会，在上游放置酒杯，杯随水流，流到谁面前，谁就取杯把酒喝下，叫作流觞。觞，酒杯。
④序章，此指《兰亭集序》。
⑤诸“之”，指许多个“之”字。王羲之书法代表作《兰亭集序》被褚遂良评为“天下第一行书”。序文共 324 字，文中有 22 个“之”字，仿鹅神态，字体各异，绝妙之极。
⑥遒美，劲健优美。此指书法。

兰亭游记·碑亭[1]

会稽[2]山黛斯韶苑[3]，
曲水清流入碧潭。
石径修篁林郁翠，
灵波映带影含烟。
鹅池父子碑合璧，
墨韵行笔迹挺冠。
祖面康熙摹禊序[4]，
乾隆孙侧咏诗篇。

2013 年 11 月 26 日于北京
2021 年 3 月 25 日修于清水湾

注释：

①第一块碑为父子碑，上面刻有“鹅池”二字，相传为“王羲之、王献之”父子合笔。第二块碑是誉为君民碑的“兰亭”碑亭，此为康熙皇帝御笔所书。最后一块为祖孙碑“御碑亭”，正面是康熙皇帝所临摹的《兰亭集序》，背面是乾隆皇帝游兰亭时即兴所作的一首七律诗《兰亭即事诗》。三块碑亭，风格迥异。
②会稽，山名。在浙江曹娥江、浦阳江之间，主峰在绍兴东南。
③韶苑，秀丽的园林。
④禊（xì）序，王羲之《兰亭序》的别称。

兰亭逸事

皋渚[①]林亭添静雅，
九弯曲水玉溪潺。
修篁夹道踱石径，
泓碧青连纳远烟。
墨客骚人时晤聚，
流觞即兴咏诗篇。
西施复越[②]拳心鉴，
勾践[③]稽山[④]卧[⑤]树兰。

2021 年 5 月 6 日修于北京

注释：

①皋渚，水边地。
②复越，指复兴越国。
③勾践，春秋时期越国君主，春秋五霸之一。
④稽山，会稽山。
⑤卧，有卧薪尝胆之意。

鹧鸪天·杭黄[1]沿途观览

路赏田园望碧山，江南灵秀展柔颜[2]。徽宅青瓦粉墙壁，浙墅楼阁户缀连。

黄稻稼[3]，绿茶田，湖泊棋布玉溪潺。祥和淡雅丰腴[4]见，企冀神州遍岂安[5]。

2013年10月22日上午于徽杭高速大巴車上

（从杭州去黄山）

2021年3月29日修于清水湾

注释：

①杭黄，指杭州到黄山。
②柔颜，意思是柔嫩的容颜。
③稻稼，稻子等庄稼。
④丰腴（yú），丰盈。
⑤岂安，犹安乐。

黄山景韵①

松海澎汃②万壑鸣，
青�摇拽韵无穷。
飞石③峭耸添绝妙，
巅顶独尊揽众峰。
笔架④斗毫⑤泼醉墨⑥，
殊瑰胜景绘天成。
沉浮云海生奇幻，
瞻顾能及梦境行。

2013 年 10 月 22 日晚于黄山光明顶酒店

2021 年 3 月 30 日修于清水湾

注释：

①黄山风景有五绝：松涛、怪石、云海、温泉、冬雪。
②澎汃（bīn），波浪冲激声。
③飞石，黄山飞来石。
④笔架，黄山笔架山。
⑤斗毫，黄山笔峰。在黄山东北部、北海宾馆前散花坞内，与笔架峰相近。一石挺出，平空耸立，下圆上尖，像一枝书法家的斗笔。
⑥醉墨，指醉后所作的书画。

赏黄山绝壁劲松

绝壁青松展令姿①，
根须破石探蟠枝。
横悬卧起云飞渡，
盖伞冠平鼓翼②跻。
跨壑循崖穿罅隙，
苍虬③潇洒比谁奇。
烟霞润色形飘逸，
沐露梳风体阜滋④。
灵动舒活添景气，
高翔健舞溢瑰琦。
任凭烈日寒霜虐，
傲雅⑤贞萋⑥生不息。

2013 年 10 月 22 日夜于光明顶宾馆
2021 年 4 月 2 日修于清水湾

注释：

①令姿，美丽的姿容。
②鼓翼，犹振翅。
③苍虬，青色的龙。常形容树木盘曲的枝干。
④阜滋，繁盛。
⑤傲雅，犹雍容。
⑥贞萋，长青而茂盛。

观黄山日落

云霞夕照映西崦[①]，锦缋[②]斑斓染攒峦。
暮霭苍茫淹壑谷，幽沉万物入舒眠。
真容混沌观穹碧，丽汉[③]霜蟾耀九天。
匹似迩身[④]邻咫尺，读星望月在危巅。
宇外[⑤]流星飞逝踵[⑥]，仰空慕叹耀萤[⑦]怜。
古来日落诗词罕，触景悲怀慎感言。
复始更新多蔼彩[⑧]，恬愉笑对自安然。

2013 年 10 月 22 日晚于黄山光明顶宾馆 3322 房

2021 年 4 月 4 日修于清水湾

注释：

①西崦（yān），意思是指西山。指崦嵫山。
②锦缋（huì），意思为色彩艳丽的织锦。
③丽汉，美丽的天河。
④迩身，谓身在近处。
⑤宇外，天外。
⑥逝踵，犹离去。
⑦耀萤，犹萤耀、萤光。
⑧蔼彩，鲜盛貌。

观黄山日出

景物蒙胧雾霭盈，
星沉月落①近晨明。
峦嶂云海悬浮隐，
极际②白黄迤渐③红。
朝旭喷薄突沸涌，
霞光潠洒④遍垂荣⑤。
九垠⑥华彩诗情画，
尽显山川秀美雄。
日月轮回天地转，
周而复始又新生。

2013 年 10 月 23 日上午于黄山光明顶观日出
2021 年 4 月 7 日整修于清水湾

注释：

①星沉月落，指天将亮时。
②极际，边际、尽头。
③迤渐，意思是逐渐。
④潠（xùn）洒，喷洒。
⑤垂荣，谓焕发光彩。
⑥九垠，犹九州。

登舟畅游小瀛洲①

俯瞰瀛洲②硕大“田”，
湖园岛③内自怀含。
清幽秀丽皆成趣，
楼榭亭台互缀连④。
隽雅⑤奇绝开妙境，
桥萦九曲弇柳烟。
凭舟绕赏晕波醉，
翡翠三潭落玉盘。

2013 年 10 月 24 日晚于杭州疗养院

2021 年 4 月 9 日修于清水湾

注释：

①小瀛洲，被誉为“西湖第一胜境”，是西湖中最大的岛屿，尤以三潭印月的景观享誉中外。

②瀛洲，是虚构的仙境之地。此指三潭印月岛与湖心亭、阮公墩鼎足而立，合称“湖中三岛”。

③湖园岛，指“湖中湖”“园中园”“岛中岛”。

④缀连，组合。

⑤隽雅，优美典雅。

三潭印月

孤轮静影波沉璧①，
塔腹灯光洞亮圆。
耀灿瀛溶②齐映照，
三十三月③晃银涟④。
游人赏异心相印，
逸韵神思寄胜缘⑤。
寒玉浮金生幻眇⑥，
陶然复醒醉流连。

2013 年 11 月 27 日于北京
2021 年 4 月 10 日修于清水湾

注释：

①静影沉璧，平静的月影映在水底，好似沉下的一块玉。
②瀛溶，水波浮动貌。
③苏轼疏浚西湖后，为了显示湖泥再度淤积的情况，在堤外湖水三个最深处立了三座瓶形石塔以示标记，形成“湖中有深潭，明月印水渊，石塔来相照，一十八月圆”的奇异景致。中秋之夜，园中的工人会乘船到达三个塔，并在每个塔中心点上一支蜡烛，圆形的洞映出蜡烛的光芒，远看像月亮一样，而每个石塔有五个洞，而三个石塔总共可映印出十五个月亮，加上倒影就有三十个。天上还有一个月亮，倒影又一个。最后一个则是游人的心中月。三十三个月亮这一奇异景致，只有在月朗天清的中秋之夜才能观赏到。
④银涟，月光下银白色的漪涟。
⑤胜缘，善缘。
⑥幻眇（miǎo），奇特、美妙。

灵隐禅踪·灵隐寺①

飞来峰岫琢佛像，
不入禅庭②与殿堂。
体态鲜活容妙相，
三竺③灵苑④境殊祥。
青峰耸秀生清净，
万状云霞聚瑞光。
古刹恢宏集气韵，
香林蔚映逸名⑤扬。

2013年10月24日下午于杭州

2021年4月16日修于清水湾

注释：

①灵隐寺，又名云林寺，背靠北高峰，面朝飞来峰，被誉为江南禅宗“五山”之一。

②禅庭，禅院。

③三竺，灵隐山飞来峰东南的天竺山，有上天竺、中天竺、下天竺，三座寺院，合称“三天竺”，简称“三竺”。

④灵苑，此指灵隐寺。

⑤逸名，犹美名。

参观胡雪岩[1]故居有感

奢绮[2]豪宅低调门，
巨商红顶[3]第一人。
敌国财富清廷[4]倚，
煊赫[5]殊荣二品臣[6]。
弱冠贫寒勤自奋，
官商暴起聚籯金[7]。
陷没政斗灾殃降，
罄尽[8]家资自顿沦[9]。
发迹邪途难久远，
斯人逝去鉴犹存。

2013 年 10 月 25 日上午于杭州
2021 年 4 月 16 日修于清水湾

注释：

①胡雪岩，中国近代著名商人，他的经历充满了传奇色彩。
②奢绮，奢侈华丽。
③红顶，清代官帽的特有款式。自清以来，借指高官。
④清廷，即清朝。
⑤煊赫，形容名声大、声势盛。
⑥二品臣，指胡雪岩官至布政使，二品顶戴，赏黄马褂，显赫一时。
⑦籯（yíng）金，古人常用籯存放贵重金银财宝，故亦用以喻指财富。
⑧罄尽，竭尽，没有剩余。
⑨顿沦，困顿沉沦。

吴山天风①

登览②吴山观景致，
凭栏顾瞻沐天风。
西湖浩淼沉山色，
市井香街③展逸容。
远眺钱塘舞素练，
波光帆幔过浮龙。
珍林古木弇遗胜，
锦壤④杭城⑤意韵丰。

2013年10月25日上午于杭州
2021年4月20日修于清水湾

注释：

①吴山，位于西湖东南面，景秀、石奇、泉清、洞美。吴山不高，但由于延伸市区，仍有凌空超越之感，且可尽览杭州江、山、湖、城之胜。“吴山天风”即由此而得名。
②登览，登高览胜。
③香街，繁华的街道。
④锦壤，美丽的土地。
⑤杭城，指杭州。

玉皇飞云[1]

玉皇峰顶玄穹外，
霞影天光坠碧泓。
紫气岚烟环萃聚，
飞云渡越蔽晴空。
钱塘[2]澒涌[3]风帆过，
澎湃激潮[4]逸势宏。
西子[5]银波泛滟漾，
余晖夕照映雷锋[6]。
低头籍圃[7]寻机妙，
悦赏平阡绘赋形。
顾睨目及皆秀色，
古今山水[8]画鲜浓。

2013 年 10 月 25 日下午于杭州

2021 年 4 月 20 日修于清水湾

注释：

①玉皇山，位于西湖之南，介于西湖与钱塘江之间。每当风起云涌之时，伫立山巅凌空突兀的登云阁上，衬以蓝天白云，四周山姿雄峻巍峨，耳畔但闻习习之声，时有云雾扑面而来，飞渡而去，顿觉湖山空阔，江天浩森。此景此境被命名为“玉皇飞云”。
②钱塘，钱塘江。
③澒（hòng）涌，水势广阔汹涌。
④激潮，由反向的两股潮流而形成的激流现象。
⑤西子，西湖。
⑥雷锋，雷锋塔。
⑦籍圃，籍田中种植果木瓜菜的园地。此指八卦田。
⑧古今山水，统指自然人文景观。

游览八卦田[①]

玉皇山下帝耕营，
宝埒[②]籍田[③]躬饬农[④]。
八卦[⑤]九宫[⑥]藏奥妙，
阴阳[⑦]图案呈鱼形[⑧]。
葱笼作物观颜异，
阡陌相隔阅稔情。
遗址公畦新用场，
休闲科普获稽弘。

2013 年 10 月 30 日上午于杭州

2021 年 5 月 6 日修于北京

注释：

①八卦田，八卦田是南宋年间开辟的“籍田”，呈八卦状，九宫八格。爬上玉皇山半山腰的紫来洞，从山上往下望去，就可以望见山下有一块八卦田。八卦田齐齐整整有八只角，把田分成八丘。在八丘田当中，有个圆圆的土墩，那就是半阴半阳的一个太极图。

②宝埒（liè），即金埒。形容豪华。

③籍田，古代天子、诸侯征用民力耕种的田。亦指天子示范性的耕作。

④饬（chì）农，意思是致力于农业。

⑤八卦，指八卦田。八卦田上种着八种不同的庄稼，一年四季，八种不同的庄稼呈现出不同的颜色。

⑥九宫，古代中国天文学家将天宫以井字划分乾宫、坎宫、艮宫、震宫、中宫、巽宫、离宫、坤宫、兑宫九个等份，在晚间从地上观天的七曜与星宿移动，可知方向及季节等资讯。

⑦阴阳，太极八卦中的阴阳图案。

⑧鱼形，在田地中央圆台处的太极图式阴阳鱼的图案。

双峰插云①

双峰耸秀②出云表③，
万壑松风涛郁鸣④。
丹桂馨香飘象外⑤，
空灵妙境入穹庭。
霏烟岚翠时遮漫⑥，
瞻见独标⑦遂隐形。
罅隙云游窥景色，
欲归恋念顾神容⑧。

2013 年 10 月 26 日上午于杭州
2021 年 4 月 23 日修于清水湾

注释：

①双峰插云，西湖十景之一。
②耸秀，高耸秀丽。
③云表，借指上天。
④郁鸣，长鸣。
⑤象外，谓尘世之外。
⑥遮漫，遮盖、笼罩。
⑦独标，特别鲜明。此指双峰。
⑧神容，神妙的姿容。此指双峰。

杭州茶韵

胜壤[①]微风细雨盈，
尤宜膏润[②]木葱茏。
茶畴[③]郊外随处见，
山麓坡田翠奋荣[④]。
遍处堂倌择逸境[⑤]，
闲暇蜂至品芳茗[⑥]。
甘滋龙井[⑦]弥香韵[⑧]，
淡雅悠然醉乐情[⑨]。

2013 年 10 月 26 日晚于杭州海军疗养院
2021 年 4 月 26 日修于清水湾

注释：

①胜壤，地势优越或风景优美之地。
②膏润，使草木滋润生长的雨露和养料。
③茶畴，茶田、茶园。
④奋荣，谓繁花怒放，草木争荣。
⑤逸境，安乐闲适的境地。
⑥芳茗，犹香茶。
⑦龙井，龙井茶。
⑧香韵，香气、香味。
⑨乐情，消遣。

云栖竹径①

修篁蔽日云栖憩，
黛壑林涛接浪峰②。
徯径幽深潜碧海，
摇光隙日③染裾青。
鸟鸣飒语④人怡悦，
泉咽溪潺山色清。
风雅筠节⑤彰品韵，
绝尘奥僻⑥净心灵。

2013 年 10 月 27 日上午于杭州
2021 年 4 月 27 日修于清水湾

注释：

①云栖竹径，云栖坞里林木茂盛的山坞景观。
②浪峰，山峰。喻青峰如浪。
③隙日，过隙的阳光。
④飒语，风摇竹叶沙沙声。
⑤筠节，有德行的人。
⑥奥僻，幽隐偏僻。

咏西湖

西湖诗化境，
京苑[①]仿摹临。
雅致清佳妙，
幽奇意韵[②]深。
生来容丽质，
绰异景宣臻。
逸目[③]观风貌，
习吟绘本真。

2021年12月16日于清水湾

注释：

①京苑，京城皇家园林。
②意韵，意境和韵味。
③逸目，眼中所见景色令人愉悦。

海天佛国·普陀山①

波连千岛②一山③领，
踏浪乘潮卧景龙④。
梵宇琳宫皆懋迹⑤，
峰青峦翠遍葱茏。
佛国⑥净域⑦疏杂念，
济世慈航渡众生。
钟磬⑧禅音聆显善，
听涛望海荡心灵。
清恬孤澹⑨无尘事，
皓月倾金映碧空。

2013 年 10 月 28—29 日于普陀山

2021 年 4 月 30 日修于北京

注释：

①普陀山，位于舟山市普陀区，杭州湾南缘，素有“海天佛国”“南海圣境”之称。

②千岛，指舟山群岛，共有 1390 个岛屿。

③一山，指普陀山。普陀山为舟山列岛其中一岛。

④景龙，大龙。

⑤懋（mào）迹，犹胜迹。

⑥佛国，寺院。此指普陀山。

⑦净域，佛教语。原指弥陀所居之净土，后为寺院的别称。

⑧钟磬（qìng），钟和磬，古代礼乐器。此指钟、磬之声。

⑨孤澹（dàn），清高淡泊。

杭州栖憩

百鸟晨曦催梦醒，
杭州栖憩楚林[①]中。
迷蒙霏雾柳烟幻，
馥郁花香客伴行。
怡色[②]柔风观澹艳[③]，
悠然惬意享欢荣[④]。
西湖婉丽娇妍姿，
胜迹精绝妙态[⑤]迎。
怎奈别离期迄至，
闲居逸目寄余情。

2013 年 10 月 29 日于杭州海军疗养院

2021 年 5 月 2 日修于北京

注释：

①楚林，丛林。
②怡色，面露和悦之容。
③澹艳，淡雅清丽。
④欢荣，欢乐荣华。
⑤妙态，美妙的姿态。

天府佛国·梦幻九寨

峨眉[1]山门[2]

迎头峻笔牌坊匾[3]，
恢特[4]铜亭[5]厚蕴镌[6]。
飞瀑垂帘喧秀甲，
“山之领袖”刻崖言[7]。
青溪曲绕添情趣，
震旦[8]峨眉启大观。
栖憩遑遐[9]十几日，
屡临[10]化境赏标鲜。

2013 年 5 月 6 日于北京

2021 年 7 月 8 日修于北京

注释：

①峨眉山，四川省西南部，四川盆地的西南边缘，是中国“四大佛教名山”之一，素有“峨眉天下秀”之称。
②山门，此指峨眉山景区大门。
③牌坊匾，指郭沫若题写的“天下名山”牌坊。
④恢特，恢宏独特。
⑤铜亭，峨眉山第一山亭，表现了峨眉山宏大气势与宽阔胸襟，是峨眉山古今文化的缩影，也是中国最大铜亭。
⑥厚蕴镌，铜亭所展示的丰富而深厚的文化底蕴。也指此处的五大景观：名山起点、第一山亭、秀甲瀑布、摩崖石刻、迎宾石滩。
⑦刻崖言，指摩崖石刻。
⑧震旦，印度对中国的古称。
⑨遑遐，闲空、安闲。
⑩屡临，数次到此。

峨眉秀甲

双峰[①]凝翠堆云鬒[②]，
蠓首[③]蛾眉[④]扮靓妆。
远眺横空雄峻伟，
巉崒[⑤]郁嵂[⑥]势高昂。
青屏延展连天际，
草木鲜灵育鹊相[⑦]。
缥缈烟云多景象，
神姿轶态[⑧]誉声芳。

2013 年 5 月 8 日于北京
2021 年 7 月 10 日修于北京

注释：

①双峰，指峨眉大峨二峨，双峰缥缈宛如画眉。
②云鬒（zhěn），浓黑轻柔的秀发。
③螓首，指女子美丽的额方广而如螓，形容女子貌美。
④蛾眉，同“娥眉”。蚕蛾触须细长而弯曲，因以比喻女子美丽的眉毛。
⑤巉崒（chán zú），险峻。
⑥郁嵂（lǜ），形容山势曲折蜿蜒。
⑦鹊相，俊美、不同凡响。
⑧轶态，飘逸的情态。

峨眉云海

岚烟雾绕气霏微，
霁止①霜涛②万壑追。
絮聚峰峦成列岛，
山移浪舞蹴波③随。
“阳间”雷雨“阴界”灿，
下上云层天地分。④
阅尽平生游历处，
婀娜难匹蜀峨眉⑤。

2013 年 5 月 8 日于北京

2021 年 7 月 11 日修于北京

注释：

①霁止，雨雪停止，天气放晴。
②霜涛，如雪的波涛。
③山移浪舞、蹴波，此喻云海不停变幻的状态。
④峨眉山中间有一条“界线”，界上称“阴间”，界下（山下）称“阳间”。积云有一定重量，所以在峨眉山的那条界线的位置，游人在金顶时，能时常听到雷声，但只在界下下雨，界上则不下雨。
⑤蜀峨眉，四川峨眉山。

金顶奇观二首

（一）日出云海①

黎明天际开平旦②，
旷远东方吐缕霞。
渐现弧圆③涂赤色，
喷薄旭日跃津涯④。
重林静谧升云絮，
聚拢空灵满堑崖。
山舞青蛇⑤游万壑，
孤峰世外显清遐⑥。

2013 年 5 月 9 日于北京
2021 年 7 月 12 日修于北京

注释：

①峨眉山金顶四景：日出、云海、佛光、圣灯，系峨眉山之精华。
②平旦，指太阳停留在地平线上。
③弧圆，指朝日刚出地平线时的渐变动态形状。
④津涯，岸、水边。
⑤山舞青蛇，指云海与山峦的动态幻觉景象。
⑥清遐，清高脱俗。

（二）圣灯佛光

莫夜[①]山幽萤火闪，
飘忽隐幻圣灯悬。
繁星烨烁[②]俯银汉，
万盏明烛仰普贤。
背照[③]躯身浮雾幕，
移姿造妙立光环。
众人己影[④]当央见，
金顶祥辉沐客仙。

2013 年 5 月 9 日于北京
2021 年 7 月 13 日修于北京

注释：

①莫夜，夜晚。
②烨烁，光辉闪烁。
③背照，背影。
④己影，自己的身影。

峨眉月色

雾敛云收蟾镜①圆，
苍穹湛淡万山眠。
嫦娥瑶境池冰兔②，
桂阙③凡间貌跃然。
古刹呈形言赤象④，
光华霜影落眉山⑤。
骚人墨客吟风月，
此处清绝⑥醉九天。

2013 年 5 月 10 日于北京
2021 年 7 月 15 日修于北京

注释：

①蟾镜，喻指圆月。
②冰兔，神话传说谓月中有白兔，故以“冰兔”代称月亮。
③桂阙，月宫。
④赤象，大象。
⑤眉山，指峨眉山。
⑥清绝，美妙至极。

洪椿坪

洪椿[①]峰抱[②]清新境，
泓碧空幽景颜瑶。
翠木葱茏栖鸟啼，
坐亭[③]漫步伴松涛。
朦胧晓雨[④]非珠雾，
郁润身舒衣不潮。
此处名人[⑤]多憩赏，
黎民览胜任逍遥。

2013年5月12日于北京

2021年7月16日修于北京

注释：

①洪椿，即洪椿坪，地处峨眉山中低部，相传因有三棵唐代所种植的洪椿古树而得名。

②峰抱，群峰环抱。

③坐亭，在亭中休息赏景。

④晓雨，似雨非雨，如雾非雾，楼阁、殿宇、山石、影壁、花木、游人，以及庭院右侧的林森小院，一切都似飘忽在迷茫的境界中，呈现出一种虚无飘渺的朦胧美。

⑤名人，此处有多栋别墅，不少名人均在此居住过。

峨眉金顶观瞻

晴观百里①贡嘎峰②，
仰瞩③金阁殿壮宏。
俯瞰云涛潮万马，
磅礴气势蜀山雄。
乾坤秀甲当无愧，
道场朝宗负盛名。
信众八方前叩拜，
艰辛不惧示笃诚。

2013 年 5 月 13 日于北京
2021 年 7 月 17 日修于北京

注释：

①百里，百里之遥。
②贡嘎峰，位于四川省康定以南，海拔 7556 米，是四川省最高的山峰，被称为“蜀山之王”。藏语“贡”是冰雪之意，“嘎”为白色，意为“白色冰山”。
③仰瞩，仰望、敬仰。

郭沫若故里·沙湾

背负二峨临大渡①，
青衣②过境润妖娆。
庭园树教发蒙好，
青少聪颖秉赋高。
恋土志名称沫若③，
灵山秀水育文豪。
史学宗匠书遒逸，
笔帚④涤埃⑤净世器⑥。

2013年6月3日于北京
2021年7月19日修于北京

注释：

①大渡，即大渡河，又称沫水，位于四川省中西部，是长江支流岷江的最大支流。
②青衣，指若水，古水名，即今雅砻江，其与金沙江合流后的一段，古时亦称若水。若水是流经其家乡附近的青衣江。
③沫若，二字取自故乡的大渡河（沫水）和青衣江（若水）这两条江水的名称。
④笔帚，以笔墨代为扫帚之意。
⑤涤埃，荡涤尘埃。
⑥世器，尘世、扰攘的人世。

天府佛国·乐山大佛[1]

释像[2]尊颜一座山，
唐朝雕琢[3]九十年。
雍容肃穆彰神采，
足踏三江[4]易暴安[5]。
弥勒[6]胸襟福量大，
仰天俯水世奇观。
峨眉遥应臻佳境，
天府佛国在蜀川[7]。

2013年6月3日于北京

2021年7月20日修于北京

注释：

①乐山大佛，又名凌云大佛，位于四川省乐山市南岷江东岸凌云寺侧，濒大渡河、青衣江和岷江三江汇流处。
②释像，佛像。
③雕琢，雕琢、刻镂。
④三江，指岷江、青衣江和大渡河。
⑤古时三江汇流处水势凶猛，波涌浪翻，舟辑常颠，船毁人亡。易暴安为“易暴浪为安流”，减杀水势，永镇风涛。
⑥弥勒，即弥勒佛。
⑦蜀川，指蜀地。

九黄[1]到黄龙

九黄机落寒，
直下赴龙山[2]。
过坎[3]轻高反[4]，
途停[5]步蹒跚。
俯临观逝水[6]，
徐缓访岷源[7]。
胜赏瑰奇[8]始，
嗟惊梦幻瞻。

2013年5月28日修于北京
2021年8月11日修于北京

注释：

①九黄，九黄机场。
②龙山，指黄龙景区。
③过坎，指海拔最高的路段。
④高反，指高原反应。
⑤途停，中途停留，俯瞰岷江，参观岷江源头碑石。
⑥逝水，指一去不返的流水。此指山下岷江。
⑦岷源，指岷江源头，长江上游的重要支流。
⑧瑰奇，珍贵奇异之物。此指黄龙和九寨沟景区。

人间瑶池·黄龙

岷峰[1]寒冱[2]势隆穹，
壑谷幽林物秀灵。
错落瑶池魔幻境，
映红漾翠[3]彩云中。
金沙铺地隆鳞甲[4]，
叠瀑流晖降宛虹。
世域[5]奇观天上有，
绝伦化境卧黄龙。

2013 年 6 月 21 日于北京

2021 年 8 月 9 日修于北京

注释：

①岷峰，岷山主峰雪宝顶。
②寒冱（hù），严寒冻结。
③漾翠，境物倒影。
④鳞甲，泛指一切有鳞和甲的水生动物。此指彩池片片，蜿蜒流水波光粼粼，梯状层叠飞瀑流辉，如巨龙鳞甲。
⑤世域，世间。

夜宿九寨

当身[1]不适攀行缓，
景诱开颜定拜龙[2]。
妙境突临殊世界，
恍惚梦幻见尊容。
庭园暮色客席地，
歌舞芳筵乡彩[3]浓。
松赞[4]文成[5]融藏汉[6]，
恢宏大剧绎亲情。

2013 年 6 月 22 日于北京
2021 年 8 月 10 日修于北京

注释：

①当身，自身、本人。
②拜龙，意为游览黄龙景区。
③乡彩，意为地方色彩，即藏族特色。
④松赞，松赞干布。
⑤文成，文成公主。
⑥藏汉，指藏族和汉族。

九寨沟游记八首

（一）宝镜岩[①]·芦苇海[②]

进寨迎屏[③]宝镜岩，
“巨人”隐现照衣冠。
虬髯[④]短发依稀见，
游客临前[⑤]恍若仙。
移步奇突芦苇海，
清溪漾影水揉蓝。
习风翔鸟青葱浪，
满目神怡赏翠盘。

2013年6月11日于北京
2021年7月22日修于北京

注释：

①宝镜岩，九寨沟一块巨大的石崖，昂然矗立，巍峨挺拔，表面平整，远远望去，像是一座大屏风。
②芦苇海，九寨沟第一个海子。
③迎屏，犹屏风。
④虬髯（qiú rán），蜷曲的胡须，特指颊须。
⑤临前，站在巨石前面。

（二）盆景滩[1]

黄褐浅滩松柏柳[2]，
轩昂英挺貌翛然。
蟠枝玉叶婀娜态，
飘逸风姿舞蹁跹[3]。
苔藓绿格薄水澈，
潺淙鸟啭乐轧弦[4]。
天工秀色成佳趣，
翡翠盆栽品可餐。

2013 年 6 月 11 日于北京

2021 年 7 月 24 日修于北京

注释：

①盆景滩，是进入九寨沟的第一个滩流景观。
②松柏柳，指各种树木。
③蹁跹（bèng xiān），蹁跹。
④轧弦，弹奏弦器。

（三）诺日朗瀑布[1]

伟岸男神[2]瀑绰宽，
飞流泻注挂晶帘。
落珠玉碎雷轰远，
霁雾腾空势漫天。
翠绿山幽披艳帐[3]，
巉绝[4]峰峻戴银冠[5]。
霞光晅曜[6]虹横越，
沉醉诗情画境间。

2013 年 6 月 11 日于北京
2021 年 7 月 25 日修于北京

注释：

①诺日朗瀑布，是九寨沟大型钙化瀑布之一，也是中国最宽的瀑布。
②男神，诺日朗三个字为藏语的译音词，意为男神，象征高大雄伟。
③艳帐，华丽的幔帷。
④巉绝，险峻陡峭。
⑤银冠，指雪峰。
⑥晅曜（xuǎn yào），犹照耀。

（四）火花海[1]

揉蓝池镜层林染，
剔透晶莹翡翠盘。
雾敛[2]曦昭[3]浮焱焰[4]，
繁星跃动点犀燃[5]。
金银珠宝殊瑰丽，
海滥花团锦簇嫣。
落水游云奇景幻，
相成妙画韵浑然。

2013 年 6 月 11 日于北京
2021 年 7 月 26 日修于北京

注释：

①火花海，又称火花池，海子的四周是茂密的树林，湖水掩映在重重的翠绿之中，像是一块晶莹剔透的翡翠。每当晨雾初散，晨曦初昭时，湖面会因为阳光的折射的作用，水面似有朵朵火花燃烧，星星点点，跳跃闪动。因而得名火花海。
②雾敛，收敛云雾，使天色明朗。
③曦昭，阳光明媚。
④焱焰，火焰。
⑤犀燃，照得水下通明。

（五）犀牛海①

云雾飘霏②沉倒影，

实难较辨哪池天。

青林郁茂山苍翠，

芦苇丛生意盎然。

横跨栈桥通彼岸，

玉帘跌坠落渊潭。

山光水色魅人处，

忘返流连醉湛蓝。

2013年6月11日于北京

2021年7月27日修于北京

注释：

①犀牛海，树正沟最大的海子，南端有一座栈桥通过对岸。

②飘霏，指飘动云气。

（六）珍珠滩①瀑布

钙华②鳞片凹凸面，
滩碛③斜坡缓淌潺。
彩毯潺沄光映照，
珍宝烨熠④色斑斓。
轻盈素练飘飞舞，
焕曜喧腾织玉帘。
似线垂珠涟不断，
丰姿汇展挂前川。
狂流迸泻跌绝涧⑤，
卷起千堆碎浪翻。
阚吼⑥焦雷激荡去，
磅礴气势望雄观。

2013 年 6 月 11 日于北京

2021 年 7 月 30 日修于北京

注释：

①珍珠滩，是九寨沟内一个典型的组合景观。它不完全是一个翻崖落水的跌水，而是上有一个约 20 多度倾角的滩面，瀑布先在滩面上缓缓流淌，由于滩面由钙华组成，钙华表面又有鳞片般的微小起伏，当薄薄的水层从滩面上淌过，在阳光的照射下，若万颗明珠，闪着银光，故得名珍珠滩。

②钙华，是含碳酸氢钙的地热水接近和出露于地表时，因二氧化碳大量逸出而形成碳酸钙（$CaCO_3$）的化学沉淀物颜色。

③滩碛（qì），浅水下的沙石滩。

④烨熠（yè yì），光耀。

⑤绝涧，溪谷深峻，水流其间。

⑥阚吼，吼叫。

（七）五花海①

栈径幽林愉胜览，
珍池锦绣灿斑斓。
湛蓝墨绿鹅黄染，
色块淆杂②妙态添。
华美雀屏铺彩翅③，
迷离幻化展繁然。
天成画作神工笔，
绮丽绝伦九寨④冠。

2013 年 6 月 11 日于北京

2021 年 8 月 2 日修于北京

注释：

①五花海，又称神池，有“九寨一绝”和“九寨精华”之誉。
②淆杂，混杂。
③彩翅，彩色的翅翼。
④九寨，九寨沟。

（八）镜海①

澄湛波平洁皎镜，
周遭景物纳其中。
蓝天雪岫②白云映，
水里游鸿③鱼下行。
倒影婀娜生诗境，
当空皓月自湖生。
虚实幻杳难识辨，
过目铭心留客④情。

2013年6月11日于北京

2021年8月3日修于北京

注释：

①镜海，素以水面平静著称。九寨沟著名景点之一。
②雪岫，积雪的峰峦。
③游鸿，飞翔的大雁。
④留客，使人流连忘返。

梦游九寨沟

翠海[1]玲珑绝怪艳，
莽林应季易容颜。
雪峰锋锷[2]峦逶迤，
叠瀑银龙锦缎帘。
碧水精灵调意韵，
云天引曜绘殊观。
瞻玩九寨余遗憾，
入览他乡恐索然。

2013 年 6 月 12 日于北京

2021 年 8 月 7 日（立秋）修于北京

注释：

①翠海，是九寨沟五绝之一，指的是九寨沟的水，清澈见底，翠波荡漾。

②锋锷，剑锋和刀刃。

梦幻九寨

造景天工思缜密，
精择境物[①]各相宜。
山林谷壑布局巧，
水雾云光[②]恰适时。
藏寨琼沟[③]童话界，
清游[④]移步遍瑶池。
琳琅艳丽斑驳色，
溢目奇靡[⑤]梦幻诗。

2021 年 7 月 30 日于北京
2021 年 8 月 5 日修于北京

注释：

①境物，环境景物。
②云光，云层罅缝中漏出的日光。此指云和光。
③藏寨琼沟，指美丽的九寨沟，即一沟九（藏）寨。
④清游，清雅游赏。
⑤奇靡，新奇华丽。

京琼途赏

重游龙门石窟[①]

夹峙龙门[②]伊水[③]穿，
葱茏毓秀映阙关。
石窟佛像临危壁，
精舍银龛[④]绕岸悬。
数代凿雕几百载，
遗珍荟萃面流川。
依山就势开灵境[⑤]，
络绎游人赏盛观。

2014 年 12 月 19 日晚郑州全季酒店
2021 年 1 月 2 日修于海南清水湾

注释：

①龙门石窟，位于河南省洛阳市，是中国保存比较完整的大型石窟群，2000 年被列为世界文化遗产。
②龙门，是洛阳南面的天然门户，这里两岸香山（东山）、龙门山（西山）对立，伊水中流，远望就像天然的门阙一样。
③伊水，黄河南岸支流洛河的支流之一。
④银龛，佛龛的美称。
⑤灵境，名山胜境。

白园·香山①居士②

洛都揽胜香山冠，
居士听伊③望阙龛④。
闻赏琵琶⑤峰上月，
淙潺雨色籁松⑥酣。
堂亭九老⑦聚吟咏，
鸠仗虔诚眷寺禅。
致仕诗书家酿伴，
空门迟暮⑧入白园。

2014 年 12 月 19 日晚郑州全季酒店

2021 年 1 月 4 日修于海南清水湾

注释：

①香山，龙门东山因盛产香葛又称香山。白园，白居易墓园。
②居士，白居易号“香山居士”。
③听伊，由白园内的“听伊亭”而来。
④阙龛，指伊水门阙和龙门石窟。
⑤琵琶，指香山琵琶峰。同取谐音。
⑥籁松，即松籁，风吹松树发出的自然声韵。
⑦九老，亦称“香山九老”“洛中九老”“会昌九老”，相传唐朝时，由胡杲、吉玫、刘贞、郑据、卢贞、张浑、白居易、李元爽、禅僧如满 9 位 70 岁以上的友人在洛阳龙门之东的香山结成“九老会”。
⑧迟暮，晚年、暮年。

白马寺①

佛入中华诞祖庭②，
驮经白马③敕声名。
纷繁门派释源④地，
古刹秉持扬善清。
道法禅宗虽互异，
馨德懿品共循行。
汉来⑤废复⑥经风雨，
历代兴衰映社情。

2014 年 12 月 21 日晚郑州全季酒店
2021 年 1 月 5 日修于海南清水湾

注释：

①白马寺，公元 67 年汉明帝敕令于洛阳城外兴建的僧院，为纪念“白马驮经”，故名“白马寺”。
②祖庭，佛教宗派祖师常住、弘法或归葬的寺院。
③驮经白马，汉朝时佛教第一次传入中国，用了一匹白马驮经。
④释源，意为释教之源，指洛阳白马寺。
⑤汉来，汉朝创建白马寺以来。
⑥废复，兴衰，荒芜与复兴之意。

游清明上河园[①]

北宋繁华藏画卷，
今朝再现过千年。
上河蓝本窥[②]歆久[③]，
锦绣风情展眼前。
茶肆酒楼毗店铺，
殿亭桥榭尽荣观。
徜徉梦醒看当下[④]，
丰貌清新国泰安。

2014年12月20日晚郑州全季酒店
2021年1月6日修于海南清水湾

注释：

①清明上河园，是按照北宋著名画家张择端的传世之作《清明上河图》为蓝本建造的大型宋代历史文化主题公园，坐落在八朝古都开封。
②窥，管窥之意。
③歆久，此意为仅仅看画就感觉令人向往。
④当下，意指此时此地。

游观开封府箴言廊随想

箴言醒目阅欣动①，
警句铭镌入脑清。
口授文宣常启诲，
师教长育树芳情②。
湔心洗髓③意溶血，
励世秉德④身践行。
倘若人间皆蹈道⑤，
定然遍处沐韶风⑥。

2014 年 12 月 20 日晚郑州全季酒店
2021 年 1 月 8 日修于海南清水湾

注释：

①欣动，因喜悦而动心。
②芳情，美好的情怀。
③洗髓，比喻彻底改变思想、习性。
④秉德，保持美德。
⑤蹈道，践行正道。
⑥韶风，比喻美德。

登游岳阳楼[1]感怀

洞庭雾锁迎阳解[2]，
登眺鳞波无际涛。
水月风天得景胜，
吞江衔岳纳湘潇[3]。
流芳楼记[4]抒高韵[5]，
妙语琼瑰蕴雅操。
忧乐[6]萦情悲喜[7]论，
习传诵咏领风骚。

2014 年 12 月 23 日晚南岳镇如意酒店
2021 年 1 月 8 日修于海南清水湾

注释：

①岳阳楼，位于湖南省岳阳市。自古有“洞庭天下水，岳阳天下楼”之美誉，与湖北武汉黄鹤楼、江西南昌滕王阁并称为“江南三大名楼”。
②解，消除。
③湘潇，即潇湘，湘江与潇水的并称。
④楼记，此指《岳阳楼记》。
⑤高韵，高雅。
⑥忧乐，忧愁和欢乐。此指《岳阳楼记》中“先天下之优而忧，后天下之乐而乐”。
⑦悲喜，此指《岳阳楼记》中“不以物喜，不以已悲”。

登南岳①

五岳如飞②惟寿山，
奇峰秀岭挂轻烟。
连绵叠翠众流绕，
巍峻祝融③群仰观。
碧落星辰无举目，
云霞铺路到瑶天。
闲行妙境红尘远，
瞰世④绛阙⑤香客欢。

2014 年 12 月 24 日晚韶关汉庭酒店
2021 年 1 月 11 日修于海南清水湾

注释：

①南岳，即衡山，又名寿岳，位于湖南省中部偏东南部。
②如飞，出自清魏源《衡岳吟》：“恒山如行，泰山如坐，华山如立，嵩山如卧，惟有南岳独如飞。”
③祝融，祝融峰是衡山诸山峰中最高的山峰，海拔 1300.2 米。
④瞰世，从高空俯视世界。
⑤绛阙，宫殿、寺观前的朱色门阙。此指山下寺庙。

游丹霞山①

氤氲雾幄攒峰曚，
曜日貌清瞠目惊。
巘崿插云丹渥灿，
翠冠根碧②领腰红。
崖峤绝壁皆霞赩③，
裸裼④阴阳⑤众赧容⑥。
放棹⑦扬波收景胜，
殊形物象自天成。

2014 年 12 月 25 日晚广州市越秀区汉庭酒店
2021 年 1 月 11 日修于海南清水湾

注释：

①丹霞山，位于韶关东北侧的仁化县。丹霞山由红色砂烁岩构成，有“色如渥丹，灿若明霞”之名。
②根碧，指山根部林木碧绿。
③霞赩（xì），如霞的赤红。
④裸裼（tì），赤身露体。
⑤阴阳，指阴元石、阳元石。
⑥赧（nǎn）容，意思是羞惭脸红、惭愧。
⑦放棹，乘船，行船。

南粤①不夜城

暮宿五羊②逢圣诞，
瞰临碧水照霞明。
虹桥流彩花船过，
岸厦③霓裳镜画行。
漫步珠江濛雨碎，
游人熙攘惬然盈。
洋节④舶货⑤尚族⑥捧，
南粤繁华不夜城。

2014 年 12 月 25 日晚广州市越秀区汉庭酒店
2021 年 1 月 13 日修于海南清水湾

注释：

①南粤，广东省的代称。
②五羊，广州的别称，简称羊城。
③岸厦，珠江两岸高楼大厦。
④洋节，指圣诞节。
⑤舶货，犹舶物。
⑥尚族，时尚一族。

鹧鸪天·珠海香炉湾①

渔女②擎珠屹月湾③，风姿秀逸靓幽妍。贞情浪漫沿滩路④，形影联肩牵手绵。

浮百岛，过千帆，揆蓝潋滟鹭翩跹。青屏翠巘横遐景，雅丽清新臻甸园。

2014 年 12 月 25 日晚珠海汉庭酒店

2021 年 1 月 15 日修于海南清水湾

注释：

①香炉湾，珠海最具特色和魅力的一个半月形的海湾，因过去渔民从这里登岸到石景山香炉洞朝拜而得名。

②渔女，石雕像，矗立在珠海市区风景秀丽的香炉湾畔，体态婀娜，风姿绰约，已成为珠海市的象征。

③月湾，指珠海香炉湾。

④滩路，指香炉湾沙滩与岸边情侣路。

小蛮腰·广州塔①

鹤立丛林②入九霄，
俏倬雅美细蛮腰。
鳞波③倩影④身柔丽，
清逸姝颜姿窈娆。
南粤先来多浪漫，
水泥钢铁造风娇。
花城鸟瞰逆天秀，
胜览云庭穗⑤地标。

2016年11月27日于广州
2020年12月修于海南清水湾

注释：

①广州塔，昵称小蛮腰，广州市地标建筑。
②丛林，指高楼大厦林立。
③鳞波，像鱼鳞一样的波纹。指珠江。
④倩影，意思是指俏丽的身影。此指广州塔映在水中的倒影。
⑤穗，广州的别称。

深圳片记[①]

荒陬[②]突兀[③]起楼林，
弹指渔村城市群。
香港毗邻连界域，
借船出海步乾坤[④]。
特区荫势纳英秀，
各路萌人涌洊臻[⑤]。
盈耳殊音别万里[⑥]，
饱闻俚语[⑦]汇移民。

2017 年 4 月 20 日于深圳
2020 年 12 月修于海南清水湾

注释：

①片记，片面的、不全面的记载。
②荒陬（zōu），荒远的角落。
③突兀，高耸。
④乾坤，天下。这里指世界。
⑤洊臻（jiàn zhēn），接连来到。
⑥别万里，差之万里。
⑦俚语，只在某一地区内通行的比较通俗的口语。

香港印象

栉比[①]岑楼[②]耸湾漘[③]，
鳞臻[④]九宇弄青云。
冲霄瞰海倚山势，
玩影摇波渡要津。
寸土励精琢品韵，
流光妙彩耀东琛[⑤]。
丸隅聚纳普天客，
貌异肤殊语不群[⑥]。
购物金堂奢畅享，
丰财方使爽开心。

2017 年 4 月 21 日于香港
2020 年 12 月修于海南清水湾

注释：

①栉比（zhì bǐ），像梳篦齿那样密密地排列。
②岑楼（cén lóu），高楼。
③湾漘（chún），海边。
④鳞臻，犹鳞集。
⑤东琛，意为东方明珠。
⑥不群，与众不同。

太平山顶瞰景

山麓延楼①攒簇貌，
埼湾②巨厦③姿长姣。
炉峰④暮色烟缥缈，
览胜浮游⑤身九霄。
夜幕玉波生梦幻，
银河景曜落穹遥。
巅观维港繁星灿，
醉目天象诗意饶⑥。

2017 年 4 月 22 日于香港
2020 年 12 月修于清水湾

注释：

①延楼，高楼。
②埼湾，河岸、河水的弯曲处。
③巨厦，地标建筑。
④炉峰，此指太平山，古称香炉峰。
⑤浮游，人犹在空中悬浮而游逸。
⑥饶，丰富。

游香港长洲岛[1]

香岛[2]郭围[3]游浦屿[4]，
穿梭横渡互移泊。
凭栏眺望疑瀛阆[5]，
烟渚轻舟浮霁波。
霏雾扬楫生蜃气，
斜阳夕照唱渔歌。
避嚣逸豫[6]斯暇适，
尽享清心怡怿[7]多。

2017年4月23日于香港
2020年12月修于海南清水湾

注释：

①长洲岛，位于香港西南面。
②香岛，香港的别称。
③郭围，外城边沿。
④浦屿，水中的小岛。
⑤瀛阆，瀛洲与阆苑。指神仙的住处。
⑥逸豫，安乐、舒缓。
⑦怡怿（yí yì），愉悦、快乐。

忆江南·香港赤柱[①]行

游赤柱，霏雨海隅[②]行。店铺廊阶萦缪绕[③]，倚山梯筑异番情[④]。景物色空灵。

临臻境[⑤]，栈道尽亭清。苍浪烟洲帆漾影，霁峰翠岭映霞虹。匆客过蓬瀛。

2017年4月24日游记

2021年1月15日修于海南清水湾

注释：

①赤柱，香港南部的一个景色秀丽小镇。
②海隅，海角、海边。常指僻远的地方。
③缪绕（miù rào），相缠结。
④番情，外国或少数民族的风情。
⑤臻境，渐臻佳境。

江南三省一日行

车驰日行三省①踪，
粤晨赣午晚江城②。
阴云濛雨掠移影，
秀野苍山满目青。
途胜③本心思探历，
约期返路④难成行。
游山望水怀宜愿，
待日择机践⑤憬憧。

2017 年 4 月 25 日晚于武汉
2020 年 12 月修于海南清水湾

注释：

①三省，广东（粤）、江西（赣）、湖北（鄂）。
②江城，武汉的别称。
③途胜，旅途中的名胜古迹等。
④返路，归途。此指回京。
⑤践，践行。

重登黄鹤楼

江城形胜[1]凭栏揽，
凝翠含烟景万端。
肆阅[2]山川瞻贯脉[3]，
波涛逝水诉诸缘。
前贤词赋吟昔楚[4]，
今士诗章咏近颜。
守望龟蛇[5]思鹤翥[6]，
故乡新貌落桥边[7]。

2017 年 4 月 26 日下午于去郑州高速公路途中

2021 年 1 月 1 日修于海南清水湾

注释：

①形胜，风景胜地。
②肆阅，纵目四望。
③贯脉，流通的血脉。此分别指水脉长江和陆脉京广铁路在此交汇。
④昔楚，即古楚，古代楚国在今长江中下游一带。
⑤龟蛇，龟山和蛇山的并称。龟山在汉阳，蛇山在武昌 ，两山隔江对峙。
⑥鹤翥，鹤之高飞。比喻飘逸。
⑦桥边，指黄鹤楼的位置。意为归鹤导航。

重游柳州鱼峰山①

清潭鱼跃立孤峰，
跻览壶城②画景行。
三水四合③飘素练，
蜿蜒龙据④跨飞虹⑤。
拾阶砥柱亭岩岫，
墨迹遗篇骚客情。
塑像⑥活脱仙⑦在世，
歌圩⑧萦籁⑨众传承。

2018 年 4 月 16 日上午游览柳州立鱼峰和马鞍山

2020 年 6 月 23 日修于北京

注释：

①鱼峰山，“山小而高，其形如立鱼”，故名。
②壶城，柳州的别称。
③三水四合，即三江四合，“三江”分别指融江、龙江、洛清江，“四合”指融江、龙江、洛清江、柳江汇合。
④龙据，犹龙盘。喻江水。
⑤飞虹，指柳江上多座虹形桥梁。
⑥塑像，今塑刘三姐像于此。
⑦仙，相传刘三姐在此山唱歌而仙。
⑧歌圩，指鱼峰山下进行文化娱乐活动的场所。
⑨萦籁，梦萦天籁略语，指极度渴盼听到好听的声音。

拜谒柳侯祠①

归程吊古②罗池③畔，
柳侯④祠堂谒衣冠⑤。
神貌尊颜碣懿绩⑥，
遥思怀缅柳宗元。
惨谪岭外殚行事，
惠化清风愧自谈⑦。
九曲⑧长流吟万世，
后人德念拜先贤。

2018年4月16日下午游览柳州柳侯祠
2020年6月25日修于北京

注释：

①柳侯祠，为纪念柳宗元而设的祠堂。
②吊古，凭吊古迹。
③罗池，罗池素为柳州名胜，柳侯祠位于罗池畔。
④柳侯，指柳宗元。
⑤衣冠，即衣冠塚。
⑥懿绩，优异的成绩。
⑦愧自谈，意为对自己所做益民之事自愧不谈。
⑧九曲，指柳江。

木兰花·湘西凤凰古城①

廊桥②枕跨③清流畅，悬壁脚楼河影映。苍岑泼墨景韶容，润色烟霞情韵漾。

文词诗意溪岚养，画缋④空灵云雨淌。聚山纳水获双麟⑤，梦境寻芳得两忘。

2018年4月16日、17日游记

2020年6月28日修于北京

注释：

①凤凰古城，位于湘西土家族苗族自治州的西南部，已有400多年历史，历经沧桑，保存完好。

②廊桥，有顶盖的桥。

③枕跨，犹横越。

④画缋，绘画。

⑤双麟，此借指凤凰城出了两位国级大师，写《边城》的沈从文和大画家黄永玉。

江城子·凤凰古城

遗风古貌史悠长，韵姿芳[①]，岳灵[②]彰。九曲漪扬，碧水漾川光[③]。翠樾红楼幽阮巷[④]，廊翙翙[⑤]，榭锵锵[⑥]。

温馨诗境享时光，在悠阳，到瞑光[⑦]。墟市荣昌，灯影映焜煌[⑧]。素月鳞波山静景，行览赏，乐未央。

2018 年 4 月 16 日、17 日游记

2020 年 7 月 1 日修于北京

注释：

①韵姿芳，姿韵美妙。
②岳灵，山岳的灵气、精气。
③川光，波光水色。
④阮巷，指贤士所居之穷巷。此指沈从文、熊希龄、黄永玉等名人故居。
⑤翙翙（huì），鸟飞声。此指翙翙廊，景点之一。
⑥锵（qiāng）锵，形容钟鼓撞击发出的洪亮有力的声音等。此指锵锵阁。
⑦瞑光，夜色。
⑧焜煌，明亮、辉煌。

醉凤凰

桥榭墉门[①]幽邃巷，
吊楼[②]悬岸彩灯墙。
青山秀水凝岚翠，
漾影溪光蕴韵章。
绰态余姿[③]生幻景，
吟诗咏画[④]自流芳。
凭舟闲步身临境[⑤]，
感梦沱江[⑥]醉凤凰[⑦]。

2018年4月23日晚于河南洛阳宜必思酒店

2020年7月2日修于北京

注释：

①门墉，指门和墙。
②吊楼，即吊脚楼。
③余姿，赏玩不尽的姿容。
④咏画，吟诗作画。此指沈黄二位大师。
⑤身临境，即身临其境。
⑥沱江，古城凤凰的母亲河。
⑦凤凰，此指凤凰古城。

江城子·芙蓉镇①

武陵酉水②润葱笼，断崖城，渡津通。酋领③行宫④，访古探余风。铜柱⑤跫音⑥铭世载，时变易，故俗浓。

幽街邃巷踏石行，舍悬空⑦，脚应声。巨瀑恢宏，飞泻落雷霆。上卧虹桥⑧观胜景，天乐境，地芙蓉⑨。

2018年4月17日下午游记

2020年7月3日修于北京

注释：

①芙蓉镇，本名王村，位于湘西土家族苗族自治州境内的永顺县，是一个拥有两千多年历史的古镇。因宏伟瀑布穿梭其中，又称"挂在瀑布上的千年古镇"。
②酉（yǒu）水，又称更始河，位于湘鄂渝交界处。
③酋领，部落的首领。此指土司。
④行宫（飞水寨），瀑布旁的"土王行宫"更是芙蓉镇的一大亮点。
⑤铜柱，铜制的支撑建筑物的柱子。此指溪州铜柱上铭铸的文字。
⑥跫（qióng）音，足音，脚步声。
⑦舍悬空，指吊脚楼。
⑧虹桥，拱曲如虹的长桥。此指廊桥。
⑨芙蓉，此指芙蓉古镇。

鹧鸪天·重游[1]张家界

远古奇山崛武陵[2]，亿年雕瑑貌清英。孤峰峭岫[3]颓云[4]驻，绝壁虬松翠雾腾。

凝紫气，聚精灵，石溪绕壑鸟蝉鸣。妖娆入画真幽胜，临境伊谁[5]枉此行？

2018 年 4 月 18 日晚于张家界索溪峪酒店

2020 年 7 月 5 日修于北京

注释：

①重游，20 世纪 90 年代初作者曾在此小住。
②武陵，指张家界武陵源风景名胜区。
③峭岫，陡峭的峰峦。
④颓云，柔软的云。
⑤伊谁，谁、何人。

沁园春·重游张家界

开辟鸿蒙①，远始②沧溟，岳立③粹精④。溯溪流邃谷，幽折蹊径，烟霞腾蹑，峭壁铜松⑤。鸟迹蝉鸣，石淙泉韵，寂谧玲琅⑥天籁声。清苍处，涧芳袭人醉，误坠仙宫。

危峦拔地巉空。望千壑、嵚岩⑦倚逸峰⑧。赏峻卓⑨奇伟，崚峋突屼，倩姿生态，俊秀钟灵。群岫撑穹，蜚云吞吐，瑰丽臻极⑩真胜⑪中。天成画，妙境难摹绘，叹佩神工。

2018 年 4 月 28 日于北京

2020 年 7 月 7 日修于北京

注释：

①鸿蒙，传说盘古在昆仑山开天辟地之前，世界是一团混沌的元气，这种自然的元气叫作鸿蒙。泛指远古时代。
②远始，原始、最初。
③岳立，耸立，屹立。
④粹精，有天工开物、萃取精华。
⑤铜松，刚劲苍郁的松树。
⑥玲琅，玉声、清越的声音。
⑦嵚（qīn）岩，外倾的山岩。
⑧逸峰，高峰。
⑨峻卓，高峻。
⑩臻极，完美、极致。
⑪真胜，天然美景、胜境。

游张家界天门山[1]

遥企[2]天门翠巘巅，
千寻[3]素壁[4]洞通天。
攀崖盘道陟梯磴[5]，
瞰朗[6]遐瞻揽万山。
莫谓高绝空仰止，
此中真确匿奇观。
琪花瑞草展华衍，
万物灵光染紫烟。
珙桐[7]琼树浮云宿，
涧壑虬松鹤往旋。
闲步氤氲多秀色，
佛刹[8]香客觅仙缘。

2018 年 4 月 20 日游天门山
2020 年 7 月 9 日修于北京

注释：

①天门山，古称嵩梁山，位于湖南省张家界市。
②遥企，敬仰、尊重。
③千寻，古以八尺为一寻。千寻形容极高或极长。
④素壁，白色的墙壁。
⑤梯磴，磴道。
⑥瞰朗（hǎn lǎng），开阔。
⑦珙（gǒng）桐，为落叶乔木。色花奇美，是国家一级保护植物。
⑧佛刹，佛寺。

武陵源①二首

（一）

天成造妙②武陵源，
峭峙群峰笋簇攒。
精致超尘空错落，
孤高挺秀顶摩天。
溪流绝壁穿幽壑，
飞瀑流泉生紫烟。
仙兽③神人④尤物⑤萃，
苍松虬劲众葩妍。

2018年8月17日（七夕节）于北京
2020年7月18日修于北京

注释：

①武陵源，即武陵源风景名胜区，位于中国中部湖南省西北部。
②造妙，臻于奇妙之境地。
③仙兽，此指峰石形象寓意。
④神人，此指峰石形象寓意。
⑤尤物，此指峰石形象寓意。

（二）

云涛烟浪排山势，
缥缈游方①景万千。
吐纳沉浮生幻象，
阊阖②开启入壶天。
独绝真胜谲奇③秀，
恍若身亲阆苑④间。
瑰景姿容多绰异，
三山五岳⑤少愁颜。

2018 年 8 月 17 日（七夕节）于北京

2020 年 7 月 18 日修于北京

注释：

①游方，云游四方。泛指到处逛荡。
②阊阖（chāng hé），传说中的天门。
③谲奇，诡变出奇。
④阆苑，阆风之苑，传说中仙人的住处。
⑤三山五岳，泛指华夏大地各处的名山。

中岳嵩山

返路中原偿夙愿，
仲春登陟①拜嵩山。
奇绝秀色染横翠，
五岳当央踌若磐。
剑壁断峤腰峭坂，
峻极雄险峰云崦②。
共尊佛道③帝王祀，
奥衍④遗珍世宝传。

2018 年 4 月 22 日游览中岳嵩山
晚上于栾川汉庭酒店
2020 年 7 月 11 日修于北京

注释：

①登陟（zhì），登高。
②云崦，云雾缭绕的山峦。
③佛道，佛教与道教的并称。
④奥衍，谓文章内容精深博大。

雾游老君山①二首

（一）

遥观叠巘峰岚翠，
近赏山门众妙②源。
圣祖老君③归隐处，
游瞻胜壤拜古贤。
长黄两域④斯分界，
八百伏牛⑤亘此间。
料峭春光前未际⑥，
日观四季换姿颜。

2018 年 4 月 23 日晚于洛阳宜必思酒店
2020 年 7 月 13 日修于北京

注释：

①老君山，原名景室山，位于河南省洛阳市栾川县城东南，是秦岭余脉八百里伏牛山脉的主峰。
②众妙，一切深奥玄妙的道理。
③圣祖老君，对老子的尊称。
④长黄两域，指长江黄河流域分界处。
⑤八百伏牛，指是秦岭余脉八百里伏牛山脉的主峰伏牛山，它构成了黄河、淮河和长江三大水系的重要分水岭。
⑥未际，犹未遇。

（二）

雷呼馈耳君何处，
咫尺山容云海淹。
庙宇楼阁宫寺观，
诸神邻里①雾帏帘②。
阵风轶荡③岚光现，
森壁空行④万仞渊。
无憾穹玄多变幻，
浅识真胜老君山。

2018 年 4 月 23 日晚于洛阳宜必思酒店
2020 年 7 月 13 日修于北京

注释：

①邻里，此指几座寺庙距离很近。
②帏帘，帷幕。
③轶荡，无拘束。
④空行，指高空玻璃栈道。

咏牡丹·游赏洛阳中国国花园

妙色①瑶颜貌冠王，
雍容丰秀溢天香。
清魂②素韵③皆迈等④，
隽逸⑤瑰姿胜众芳。

2018年4月23日下午游赏洛阳中国国花园

2020年7月15日修于北京

注释：

①妙色，庄严或美丽的色彩。
②清魂，纯洁的魂魄。
③素韵，高雅的气韵。
④迈等，超出众人之上。
⑤隽逸，俊秀飘逸、超凡脱俗。

浣溪纱·牡丹

芍药妖娇显放狂①，芙蕖濯净②少情长。牡丹国色百花王。

丽逸③特卓④无双艳，端华品韵盖群芳。烟姿笑影溢清香。

2020年7月整修于北京

注释：

①放狂，放纵性情，不受拘束。由“妖无格”化用而来。
②濯净，在水中洗干净。由“净少情”化用而来。
③丽逸，华丽而清逸。
④特卓，犹卓绝。

海南续篇

临江仙·清晨离京飞海南

酣睡甜乡钟不倦，铃催梦断慵眠，凌晨静寂夜阑珊。厦冠[①]霓彩[②]灿，楼隙[③]挂圆蟾。

送路车驰湍赤色[④]，厅明[⑤]贯序通关，登机初旭吐霞烟。冬临为候鸟，离绪[⑥]赴琼南[⑦]。

2017 年 11 月 4 日晚于清水湾

2021 年 1 月 28 日修于清水湾

注释：

①厦冠，楼顶部。
②霓彩，犹彩虹。此指彩色霓虹灯广告。
③楼隙，楼之间的空间区域。
④赤色，指高速公路上行驶的车辆尾灯像急湍的洪流。
⑤厅明，候机大厅通明。
⑥离绪，惜别时的绵绵情思。
⑦琼南，指三亚。

沁园春·九霄遨赏①

腾起长空，驾览云谲，景象万千。掠轻纱薄雾，岚溪陂淀②，浮山絮海，雪巘③冰原。衍漾④涛澜，飞霙素浪，幻相飘忽舒卷迁。衔天际，色光斑斓环，衬映穹玄⑤。

瞻巡⑥兴致酣然，俯下界⑦，观神州壮颜。瞰峰峦嶒峻，逶迤岑岭，明湖秀野⑧，龙脉流川。绵延要路，盘腰行脊⑨，摛掞⑩城郭⑪乡镇连。言难尽，九霄庭信步，饱阅伟观。

2017 年 11 月 5 日于清水湾

2021 年 1 月 29 日修于清水湾

注释：

①遨赏，犹游赏。
②陂淀，池塘湖泊。
③雪巘，雪峰。
④衍漾，漂游荡漾。
⑤穹玄，苍天。
⑥瞻巡，视察、巡视。
⑦下界，人间。
⑧秀野，秀美的原野。
⑨盘腰行脊，指蜿蜒的山路。
⑩摛掞（chī yàn），意思是铺张，铺陈。
⑪城郭，城墙（城指内城的墙，郭指外城的墙），泛指城市。

《牛鹭睦处》释疑[1]

乡野萋芊风景线，
重回湾域[2]见依然。
悠牛牧草跮踱[3]踉，
雪鹭[4]从食[5]趋步迁。
脊地[6]相依行做伴，
缠绵厮守有由缘。
共生[7]彼此知循序，
画障谐靡[8]宜赏观。

2017 年 11 月 18 日于清水湾

2020 年 11 月修于清水湾

注释：

①《候鸟集 · 海南诗叙》中曾写过一首《牛鹭睦处》，这次回来又常见那种情景，故而再赋一首对此现象以作答疑。
②湾域，指海南清水湾。
③跮踱（dié duó），意思是走路时忽进忽退。
④雪鹭，此指牛背鹭。
⑤从食，跟随着吃食。
⑥脊地，指牛脊背上和地面上。
⑦共生，两种不同生物之间所形成的紧密互利关系。在共生关系中，一方为另一方提供有利于生存的帮助，同时也获得对方的帮助。
⑧谐靡，和谐美妙。

游步海棠湾晋园

蹊径幽篁蓦豁然，
远闻笑语近欢颜。
樯帆棕树沉斜影，
殊致瑶池漾碧涟。
汩涌驱涛拍埭岸，
椰林欲透越银滩。
喧嚣海浪几无扰，
异境[①]奢园[②]匿己湾[③]。

2017 年 11 月 19 日晚于清水湾
2021 年 2 月 2 日修于清水湾

注释：

①异境，奇妙的境界。
②奢园，泛指海棠湾沿岸众多星级酒店。
③己湾，即私湾。

浪淘沙·过琼州海峡

灏瀚浪含烟，骋目涛澜，苍茫陆岛[①]碧波连。往返古来愁海堑，津渡飏帆。

时代续迁绵，瞬越空天，人车物寄载[②]舶船。鸿致[③]机熟途履坦[④]，桥隧横穿。

2017 年 12 月 4 日晨于广西北海棕榈泉

2021 年 2 月 1 日修于海南清水湾

注释：

①陆岛，大陆和海岛。
②寄载，乘别人的交通工具。
③鸿致，宏大目标。
④履坦，行于坦途。

游越南下龙湾①

天造瑰奇瀛阆苑②，
山拥碧漾月轮③潭。
澄泓腰斩根沉④海，
旖旋浮峰翠⑤落盘。
舸绕畅游观万象，
且行且恋屡回瞻。
素辞拙笔殚穷喻，
阅见疏微⑥类景冠。

2017年12月5日于越南下龙湾
景区返途游船及当晚河内酒店
2020年11月修于海南清水湾

注释：

①下龙湾，位于越南北部。
②瀛阆苑，瀛阆与阆苑的组合。意指神仙的住处。
③月轮，泛指月亮。此指下龙湾月亮湖。
④腰斩根沉，指海水将山峰腰斩而根部沉入水下。
⑤翠，代指翡翠。
⑥疏微，稀少。

参观胡志明故居及瞻仰遗容

黄墙红瓦简当房，
径界[①]嘉林绕碧塘。
闲步健身踱隙路[②]，
鸠居[③]炎夏纳清凉。
终生国务殚心力，
艰朴为民谋富昌[④]。
主者[⑤]精魂遗物在，
瞻仪感念续流芳。

2017年12月6日于越南（从河内前往下龙湾途中）

2020年11月修于海南清水湾

注释：

①径界，小路。
②隙路，狭窄的通路。
③鸠居，居室简陋。
④富昌，富足昌盛。
⑤主者，主人。指胡志明。

水调歌头·下龙湾①

海上桂林景，巘崿②嵚根③蟠。翠螺④星错烟屿，棋布落银盘。大造殊姿活现，嶙峋青峰岩岫，异状貌千般。穿绕阅珍象，呈逸世奇观。

登临揽，环穷域⑤，幻觉间。远看云雾飘渺，近赏品琼筵。形色灵清融懿⑥，泼墨绝伦画卷，宛阆苑瑶天。醉目亲其境，谁子⑦不瀛仙。

2017 年 12 月 13 日于清水湾

2021 年 2 月 2 日修于清水湾

注释：

①下龙湾，位于北部湾西部。因其景色酷似中国的桂林山水，故被称为“海上桂林”。
②巘崿，山崖、峰峦。
③嵚根，崖岸底部。此指山底部。
④翠螺，用以喻山峦的形状。
⑤穷域，极远的边地。
⑥融懿，和美。
⑦谁子，何人。

重游鹿回头

温寻[①]登览鹿回头，
环瞰凭栏景胜收。
碧水蓝天极目畅，
蟠蜿[②]湾浦舸争流。
卧波双玳[③]仍痴恋，
靓丽凤凰[④]飞笋楼。
旧观瑰姿添异彩，
巨雕[⑤]情愫更浓稠。
滨城山海牵方客，
旖旎风光乐至游[⑥]。

2017 年 12 月 20 日于清水湾蔚蓝星宸

2020 年 11 月修于清水湾

注释：

①温寻，犹温习。之前来过数次。
②蟠蜿，盘曲貌。
③双玳，指东西玳瑁岛。
④凤凰，指凤凰岛地标建筑。
⑤巨雕，指鹿回头山顶大型雕像。
⑥至游，忘情于外物。

闲趣[1]

踏沙嬉浪望烟涛，
亭景沉酣赏弄潮。
田陌椰林行栈道，
山幽邃谷探黎苗[2]。
河边海滋娱垂钓，
闲步乡隅坐草寮[3]。
每往[4]日更[5]知胜事，
兴来习作自宣陶[6]。

2017 年 12 月 25 日上午于清水湾莱佛士酒店大堂
2020 年 11 月修于海南清水湾

注释：

①闲趣，闲适的情趣。
②黎苗，此指黎寨和苗寨。
③草寮，意思为草屋。此指茶咖草屋。
④每往，每次前往。
⑤日更，按日轮换、隔日。
⑥宣陶，抒发陶写。

阳台望星辰

遥瞻列宿夜阑珊，
云翳华星时灿然。
瀛海苍冥孤旷[①]远，
晖光掩缛[②]默无言。
九霄阒寂[③]谁为伴？
寥邈[④]空灵独我观。
银汉清玄胧月满，
问天何断[⑤]影烟蹁[⑥]？

2017 年 12 月 29 日晚于清水湾
2020 年 11 月修于清水湾

注释：

①孤旷，孤独无伴。
②掩缛，谓光彩掩映。
③阒（qù）寂，死寂，幽静。
④寥邈，高远、遥远。
⑤何断，如何停止。
⑥蹁，形容行走姿态不正。

鹿城[1]名缘[2]

天涯海涘[3]断崖巅，
神鹿牵缘人与仙。
屹像[4]留传歆美[5]事，
客临觅处慕情天[6]。

2018年元月7日鹿回头公园
2020年11月修于清水湾

注释：

①鹿城，因鹿回头爱情传说而成为三亚别称。
②名缘，名字的由来。
③海涘，海边。
④屹像，指公园山巅屹立的群雕。
⑤歆美，钦羡赞美。
⑥情天，指爱情的境界。

候居海南战友相聚兴隆咖啡谷

花期约聚咖园[①]，
珍木[②]舶植[③]饮冠[④]。
碧秀玄林邃曲，
绿波翠浪芊绵。
幽隅迭岭天远，
镜水溪亭影悬[⑤]。
赏景言谈叙谊，
惜时醒醉腾欢。

2018 年 1 月 15 日兴隆咖啡谷
2021 年 2 月 5 日修于海南清水湾

注释：

①咖园，指中国兴隆咖啡谷。
②珍木，指珍贵的树木。此指咖啡树。
③舶植，意指华侨由国外引进种植。
④饮冠，咖啡被称为世界三大饮料之首。
⑤影悬，倒影。

西江月·漫步海棠湾河畔小憩

木栈萦纡林弇，望台闲步凭栏。碧流幽澹[1]渡轻帆，鹭翥鱼逐漪涣。

彼岸屏藩[2]翠壁，参差倒影含烟。遍观津渚[3]眺埼湾[4]，逸境蓑翁独恋[5]。

2018年1月18日凌晨于清水湾蔚蓝星宸

2021年1月31日修于海南清水湾

注释：

①幽澹，微动的水波。
②屏藩，屏风和藩篱。
③津渚，水边。
④埼湾，河岸、河水的弯曲处。
⑤独恋，指独自垂钓。

垂钓·逸境享景

天山[①]俯水观，
湖影到跟前。
霜鹭翔渊薮[②]，
蓑翁[③]棹片帆。
薰风波澹沲[④]，
林岸樾参谭[⑤]。
霞绮浮云画，
夕烟醒我还。

2018年1月20日下午陵水黎族自治县隆广水库

2020年3月28日修于清水湾

注释：

①天山，天空与山脉。
②渊薮，鱼和兽类聚居的处所。
③蓑翁，穿蓑衣的老人。指渔翁。
④澹沲（dàn duò），荡漾貌 。
⑤参谭，亦作“ 参覃 ”。连续不断貌。

河畔闲步

清波曲水涌潮汐，
栏岸椰榕踏片石。
欧墅洋楼[①]沉丽影，
偶喧谧境疍家渔[②]。
常时闲步循荫蔽，
许事[③]迷识未见知。
孤惸[④]渝媪[⑤]钩巨蟹，
聊天笑语少欨愉[⑥]。
幽怀养静心潜寂，
素面温颜或自熹[⑦]？

2018 年 1 月 27 日上午于清水湾游艇会河畔

2020 年 3 月 29 日修于清水湾

注释：

①欧墅洋楼，河两岸的建筑。
②疍家渔，又称艇户，此指疍家人在此停泊并卖鱼。
③许事，这样的事情。
④孤惸（qióng），孤独，亦指孤独的人。
⑤渝媪（yú ǎo），指来自重庆的老太太。
⑥欨（xū）愉，喜悦貌。
⑦自熹，自乐、自我欣赏。

乌云散尽艳阳天①

腾海②乌云幕蔽天，
移掇③迫岸近根前。
相逼触感吞庭宇，
舸去舟穿破闭关。
极际隆穹微隙窾④，
乾坤运斡自依然。
长风阳艳驱烟霭，
灏渼⑤银波使蚌帆。

2018 年 1 月 30 日于清水湾

2020 年 4 月 1 日修于清水湾

注释：

①30 日上午 9 时左右，在阳台看海，突见海面上乌云如城墙，高耸天际，渐近到咫尺，大有黑云压城城欲摧，使人至息，恐怖之感，遂晴，故而赋之。
②腾海，升于海上。
③移掇，转移、移动。
④隙窾（kuǎn），空处，孔穴。
⑤灏渼（hào yǎo），水无边际貌。

寒袭海南

越冬候鸟觅南迁，
北纬十八可梦安①。
岂料冽风袭浸染，
难为岭海②尽遮拦。
虽然冷暖觉杂异，
殊域凉飔③亦舒然。
琼岛花红植翠碧，
朝昏温差似秋寒。

2018 年 1 月 31 日于清水湾
2020 年 4 月 3 日修于清水湾

注释：

①梦安，做个好梦，晚安。
②岭海，指两广地区。
③凉飔（sī），凉风。

浅悟·杂咏[①]

静水深流容澹漾[②]，

溅花喧浪貌轻狂。

睿阳[③]朝气春丝旺，

暮色倾辉秋水凉。

冷艳俏梅笑傲雪，

萋芊芳草沁幽香。

泓渟寥廓涵诗意，

孤景[④]独沉[⑤]有远方。

2018 年 2 月 16 日（正月初一）于清水湾

2020 年 4 月 5 日修于清水湾

注释：

①杂咏，谓随事吟咏。常用作诗题。
②澹漾，水波荡漾貌。
③睿阳，冉冉升起的太阳。
④孤景，同“孤影”。
⑤独沉，独自韬晦。

临江仙·湾滩晨步

破晓曦光幽淡，遮笼绝岛[①]烟岚。澹云曙影[②]境清恬，朦胧姿梦醒，初日露韶颜。

细浪绵吟拍岸，椰林鸣鸟逐欢。跣足[③]踏水步银滩，斛舟[④]横海滏，峨舸[⑤]远征帆。

2018 年 2 月 27 日于清水湾

2020 年 4 月 7 日修于清水湾

注释：

①绝岛，孤岛。
②曙影，曙光。
③跣（xiǎn）足，赤脚。
④斛（hú）舟，小船。
⑤峨舸，高大的船。

山水桃源·游白沙木棉湖度假村

堂前漾碧池，
槟影[1]弄漪涟。
栈道悬深樾，
船楼[2]掩其间。
绿茵弥果岭[3]，
花木[4]染红天。
沈钓[5]坐斜日，
山仙[6]卧阆颠。

2018 年 3 月 6 日于白沙县温泉小镇酒店
2020 年 4 月 8 日修于海南清水湾

注释：

①槟影，指槟榔树在水中的倒影。
②船楼，宾馆别墅为船形木制结构。
③果岭，此指球洞所在的草坪。
④花木，此指木棉花。
⑤沈钓，犹垂钓。
⑥山仙，指大堂面对的山形地貌酷似一位仰卧的仙人。

重走九架木棉道[1]

萦曲坡陁[2]酣自驾，
潜行榛樾[3]落林霞[4]。
春深重走观棉道[5]，
小憩随兴赏怒华。
树色星燃[6]云染绛[7]，
适逢旺炽展新花。
旧游山野清幽雅，
景致神怡境上佳。

2018 年 3 月 6 日于白沙县牙叉镇茶乡源大酒店

2020 年 4 月 10 日修于清水湾

注释：

①九架木棉道，位于昌江去白沙（五指山）途中的一段国道公路。
②坡陁（tuó），山势起伏貌。
③榛樾，犹林荫。
④林霞，指车潜行于林间山路上，透过林叶斑驳光影如观彩云。
⑤棉道，指白沙县境内的九架木棉道。
⑥星燃，指木棉树星星点点在山野烧燃。
⑦染绛，染成深红色。

南歌子·探觅白沙陨石坑[1]及路憩观景

山道驱车尽，潜林[2]草木蓁。崖前躬探陨星[3]身，惜憾，坠渊几许未知深。

浚壑[4]饶幽胜，竹溪目纳新。茶田叠翠绕岚云，蕉下，远呼雾里采茶人。

2018年3月8日于琼中县营根镇七天酒店

2020年4月13日修于清水湾

注释：

①白沙陨石坑，位于海南省白沙黎族自治县境内。
②潜林，高深的树林。
③陨星，自星际空间降落于地球表面的大流星体。
④浚壑，深谷。

忆江南·游白沙农场茶园

濛雨色，烟缕袅苍山。塔眺翠微①缥缈画，陌观模特②舞茶园。坡壑溢华鲜。

清景象，天韵③在春岚。静谧恬夷④生梦境，芳茗劳逸度流年。寻胜到桃源。

2018 年 3 月 8 日游白沙农场茶园

2020 年 4 月 15 日修于清水湾

注释：

①翠微，泛指青山。形容山光水色青翠缥缈。
②模特，此指用稻草做成的各种姿态的草人。
③天韵，自然的风韵。
④恬夷，安静平和。

游观什寒村[①]

盘缘几道弯难计，
仰驾[②]攀爬上碧天。
南北黎苗[③]邻睦处，
露庭街陌绕盆环[④]。
禾田溪灌穿山薮，
霜鹭翔翱破翠岚。
临见清绝凭镜览[⑤]，
人间诗景在什寒。

2018 年 3 月 8 日游琼中什寒村

2021 年 10 月 10 日修于北京

注释：

①什（zá）寒村，“什”黎语读（音“杂”）。什是田的意思，寒即寒冷。坐落在海南省琼中黎族苗族自治县黎母山和鹦哥岭之间的高山盆地中，森林茂密，溪流缠绕，在云雾中若隐若现，有着“天上什寒”的美誉。

②仰驾，指车爬山路坡度大仰角（驾驶员仰视）而上。

③南北黎苗，黎族居村南部，苗族住村北部。

④盆环，指环绕盆地村庄的步行观光路。

⑤镜览，阅览。此指村中湖面。

踏莎行·寻游五指山仕阶摩崖石刻群①

五指插云，擎天重巘，近观②雾杳③惜难见。寻蹊涉厉④越荆藤，惊瞻石泐⑤昂溪涧。

众卉清妍，空山林耷，唯闻鸟啭舂淙⑥浣。腹深⑦邃僻境幽绝，邀天牧月凡尘远。

2018 年 3 月 9 日游记

2020 年 4 月 18 日修于海南清水湾

注释：

①五指山仕阶摩崖石刻群，位于琼中县上安乡仕阶村。
②近观，指所在地距五指山峰仅 5 公里。
③雾杳（yǎo），雾气深厚貌。
④涉厉，谓涉水。厉，连衣涉水。
⑤石泐（lè），此指遗存的石刻，即“一手撑天”“百越锁轮”等。
⑥舂淙（chōng cóng），水石冲击声。
⑦腹深，指五指山腹地。

五峰吟·仕阶村

拨荆寻间道①，涉渡②跨潺溪。
藤篾③缠云木，清流浣卵石。
灵泉声晓韵④，鸟语啭莺啼。
箐谷⑤生清冽，田家绕篠篱⑥。
天涯活世外，五峰育苗黎⑦。
枕漱⑧观云月，牧心益养息。

2018 年 3 月 10 日清水湾

2020 年 4 月 19 日修于清水湾

注释：

①间道，偏僻的或抄近的小路。
②涉渡，趟水过河。
③藤篾（miè），生长在原始森林里的一种质地坚韧、身条极长的藤本植物。
④晓韵，清亮的声音。
⑤箐（qìng）谷，竹木丛生的山谷。
⑥篠（xiǎo）篱，竹篱。
⑦苗黎，指苗族和黎族。
⑧枕漱，枕石漱流。旧时指隐居生活。

白沙红坎瀑布①

空山邃谷壁横陈，
悬瀑垂天泻烂银②。
坠落雷轰弥霁雾，
披拂③柔发舞氤氲。
异姿霞彩添灵韵，
殊色奇绝造至臻。
明暗时移生幻象，
浑然化境蕴吟魂④。

2018 年 3 月 16 日清水湾
2020 年 4 月 23 日修于清水湾

注释：

①白沙红坎瀑布，位于白沙黎族自治县元门乡东南部。
②烂银，灿烂如银。形容雪白闪亮。
③披拂，吹拂、飘动。
④吟魂，诗情、诗思。

海棠湾·亚特兰蒂斯酒店

独冠挺秀云端外，
玉体生辉伫海棠①。
颢气②清英明素韵，
霞窗华丽夜霓裳③。
楼庭④环伺咸时尚，
轩殿金屋竞誉扬。
孤傲豪奢谁踏访⑤，
凡人狂想坐家堂⑥。

2018年3月24日晚清水湾
2020年4月24日修于清水湾

注释：

①海棠，三亚海棠湾。
②颢气，清新洁白盛大之气。
③霓裳，此指霓虹灯光。
④楼庭，犹楼宫。亦指海棠湾汇集了众多著名酒店。
⑤踏访，实地采访。此指入住。
⑥家堂，家中的堂屋。

浪淘沙·海滢酒店

泉瀑泻迎前，庭院香园，水隔天井[①]四廊[②]连。邃殿高台凭槛憩，赏眺涛澜。

池漾湛波蓝，曲水溪潺，桥虹[③]亭景展阳伞[④]。玉树簪花椰曳舞，皓乐[⑤]环旋[⑥]。

2018 年 3 月 28 日清水湾莱佛士酒店

2020 年 4 月 27 日修于海南清水湾

注释：

①天井，指宅院中房子和房子或房子和围墙所围成的露天空地。
②四廊，四面走廊。
③桥虹，犹虹桥，即拱桥。
④阳伞，指白色遮阳旱伞。
⑤皓乐，指美妙的音乐。
⑥环旋，回环缭绕。

登月·五景联赋

（重游月亮湾·铜鼓岭·铜鼓佛
光·石头公园·淇水湾）[1]

铜鼓[2]孤高未逮[3]天，龙儿[4]苟欲[5]上蜍蟾[5]。
修梯屡垒奔银汉，塌坠遗石成苑滩[7]。
意愿落空心顾念，赐名侧畔月亮湾[8]。
何须佛佑[9]解难事[10]，淇浪[11]冲霄弹指间。

2018 年 4 月 14 日清晨于文昌天海紫贝
2020 年 4 月 28 日修于海南清水湾

注释：

①昨天自驾沿文昌旅游大道依序再（数）次游览了上述各处景点，见石头公园介绍牌中有龙王之子欲登月的传说，遂利用毗连的五个景点联想而赋。
②铜鼓，指琼东第一山铜鼓岭。
③未逮，不及、没有达到。
④龙儿，此处指龙子。
⑤苟欲，不正当的欲望。
⑥蜍蟾，指月光。
⑦苑滩，此指海滩上的石头公园。
⑧月亮湾，位于铜鼓岭北侧。
⑨佛佑，指铜鼓佛光。位于文昌铜鼓岭南麓与石头公园之间的小澳湾。
⑩难事，指登月。
⑪淇浪，指位于石头公园西侧的淇水湾，为文昌航天发射场所在地。

立冬

秋终冬始昼趋短，
枯叶衰蓬①景槭然②。
冷雾绵濛生暮色，
霜凋③空翠显隳残④。
凄风肃气摇疏树，
万物收藏避烈寒。
境况催人思朔雁⑤，
眷红顾绿慕溟南。

2018 年 11 月 7 日（立冬）于北京

2019 年 5 月 17 日修于北京

注释：

①衰蓬，枯萎的蓬草。
②槭然，指草木枯凋貌。
③霜凋，指寒霜接触到，也叫遭霜打。
④隳（huī）残，衰败残破。
⑤朔雁，指北地南飞之雁。

定风波·凭心

昔忆浮年雁过空①，影沉秋水去无踪。雷雨风飙天作恶，无惧，搏行逆厄宁孤鸿。

虚宠②轻肥③何觊慕④，沉醉⑤，竞功逐利苟营荣。尘溷⑥污卑⑦寻净境，余醒⑧，恬然笑对任平生。

2018年11月8日于北京

2019年5月22日修于北京

注释：

①雁过空，即雁过长空。比喻往事已过，旧影难寻。
②虚宠，虚假的荣宠、表面上的荣耀。
③轻肥，“轻裘肥马”的略语，指奢华生活。
④觊（jì）慕，企望羡慕。
⑤沉醉，比喻深深地迷恋某种事物，沉浸在某种境界里。反向化用：“皆醒”。
⑥尘溷（hùn），犹尘俗、污秽。
⑦污卑，谓品行卑劣，心地肮脏。
⑧余醒，比喻不随浊世浮沉。反向化用：“独醉”。

清月①

举头新月近迎笑，

偶尔云华②穹昊③飘。

烁亮繁星明我意，

南溟栖止④见⑤清标⑥。

2018 年 11 月 11 日晚于清水湾

2019 年 5 月 23 日修于北京

注释：

①从北京刚到海南当晚，阳台上观夜景，似与新月对视交谈。此用“近”“云华”“穹昊”“烁亮”“清标”均寓意空气质量良好。

②云华，云朵。

③穹昊，穹苍。

④栖止，栖身。

⑤见（xiàn），同“现”，出现，显露。

⑥清标，借指明月。

客雁[1]

冬临梦破寻归雁，
数月离琼思日还。
耆叟[2]居息宜逸境，
湾埼[3]魅诱适清欢。
烟波海渚观帆幔，
林岸银滩望漫澜。
暖翠芳蹊[4]跻黛巘，
横阡秀野牧春天[5]。

2018 年 11 月 15 日中午于清水湾

2019 年 5 月 23 日修于北京

注释：

①客雁，随季节变化而南北迁徙的雁。
②耆叟，老叟。
③湾埼，此指海南清水湾。
④芳蹊：开满花的小径。
⑤春天，指海南冬季如春。

浣溪沙·河畔雨中晨步

雨落芳华泣紫荆①，晨行泮岸②笼氲氤。浮沤③幻象葬花吟④。

倏飒漪流声哽咽，唯无黛玉现纤身。仙飘坠地入泥尘。

2018 年 11 月 27 日上午于清水湾

2021 年 12 月 1 日改写于清水湾

注释：

①泣紫荆，下雨天淋落了遍地的紫荆花。

②泮岸，畔岸。

③浮沤（fú ōu），水面上的泡沫。因其易生易灭，常比喻变化无常的世事和短暂的生命。

④葬花吟，是小说《红楼梦》第二十七回中林黛玉所吟诵的一首古体诗。

心静虚恬[①]

鬓秋霜覆风尘染，
俗雅沧桑历阅观。
蔗境[②]逍遥闲世外，
神安心定享虚恬。
高谈坐议成何事？
阔论生非惹紊烦[③]。
清水鸥波[④]夷逸[⑤]处，
何为劳顿奔溪潺[⑥]。

2018 年 12 月 8 日晚于清水湾

2019 年 5 月 26 日修于北京

注释：

①虚恬，清虚恬淡。
②蔗境，喻人的晚景美好。
③紊烦，烦扰。
④鸥波，鸥鸟生活的水面。比喻悠闲自在的退隐生活。
⑤夷逸，犹安闲。
⑥奔溪潺，凑热闹。

逐乐蠲烦

往事浮烟时境迁，
熙阳阴雨已昨前。
纠结涣解①心清净，
杂草清除路展宽。
真趣余情涵喜志②，
颐年③逐乐必蠲烦④。
走出斗室无羁绊，
秀野临风自豫然。

2018年12月12日于清水湾

2019年5月26日修于北京

注释：

①涣解，犹冰释。
②喜志，愉悦的心情。
③颐年，谓保养年寿。
④蠲（juān）烦，消除烦恼。

海南冬至观月圆①

行岸②椰娑暮色浓，
桥头灯盏舣船③横。
玉沉④水影穹瑶月，
云片浮游地掠踪。
冬至凄风正北朔⑤，
闲花秀木在南溟。
天涯异境⑥生殊感，
乡雪儿时有挚情。

2018年12月22日（农历十六，冬至）于清水湾
2019年5月26日修于北京

注释：

①晚饭后，散步到去海边的桥上，抬头仰望天空，月亮又圆，片片白云月下穿行，时逢冬至，遂赋。
②行岸，行走到河边。
③舣（yǐ）船，停泊船只。
④玉沉，指月影像玉似的沉入水底。
⑤北朔，北方。
⑥异境，此指海南。

岁末寄语·华皓[①]静好

逝迈[②]光阴催素鬓，
云烟往事铸高情。
翻篇旧历迎新日，
暮境超然弃喜名[③]。
清澹何干忧易老，
无虞[④]静好度馀生。
耕耘心地播足意，
获致[⑤]忻愉悟畅明。

2018年12月31日午夜于清水湾

注释：

①华皓，指须发花白、年老。
②逝迈，谓时光消逝。
③喜名，追求名誉。
④无虞，没有忧患，太平无事。
⑤获致，得到、取得。

忆江南·游中廖村①

游中廖，椰倩影槟娇。山黛清流撷静翠，鸭悠鹭点堕天瑶②。诗景画斯交③。

行田圃，步埂陌④溪彴⑤。百果冷香披错彩⑥，时蔬芳海⑦缀藤雕⑧。方客憩茶寮。

2019年1月18日上午游览中廖村，晚于清水湾

注释：

①中廖村，位于三亚吉阳区。
②天瑶，指美丽的天空。
③斯交，在此交汇。
④埂陌，犹阡陌，指田间小路。
⑤溪彴（zhuó），溪涧的独木桥。
⑥披错彩，树上挂满了名种颜色的水果。
⑦芳海，指田间种植的大面积秋魁，正值开花期。
⑧藤雕，指在田间地头点缀着一些用藤蔓编织而成的各种造型的雕像。

谢交春[①]二首

（一）游陵水黎安风情小镇

岁末交春海际行，
高云丽日碧长空。
湾漪山黛船横尽，
旷漾涛澜浪涌霙。
阛阓[②]喧然忙购物，
巷棚荫下笑哗声。
椰实花艳人酣悦，
瀛澥[③]同天庆盛平[④]。

2019 年 2 月 4 日（大年卅）中午
游陵水黎安风情小镇及黎安港
2019 年 2 月 5 日（大年初一）上午
写于去吊罗山森林公园途中

注释：

①谢交春，指农历三十晚上立春。所谓“万年难遇谢交春”。
②阛阓（huán huì），街市、街道。
③瀛澥，大海。
④盛平，兴盛太平。

（二）海角惠风

玉犬[1]天蓬[2]位递轮[3]，
今逢除岁谢交春。
千年万载难一遇，
吉日吉元气象新。
灏瀚涵虚[4]容海色，
韶阳煦润木荣欣。
天涯云绮浮穹碧，
海角惠风吹厚坤[5]。

2019年8月5日于北京

注释：

①玉犬，指狗年。
②天蓬，指猪年。
③递轮，轮递或轮替（换）。
④涵虚，水映天空。
⑤厚坤，大地。

吊罗山国家森林公园

林溪汇涌瀑跌空，
石阻声喧叩鼓钟。
湍滚入潭重溢泻，
梯阶复始势恢宏。
曲攀上溯①十余里，
穷尽源流自碧泓。
翠巘回环弥瘴雾，
接天触地笼层峰。
岩幽蝶影鸟鸣舞，
静色榛烟②木奋荣③。
山外繁嚣多躁乱，
雨林避处沐清风。

2019 年 2 月 5 日（正月初一）游吊罗山
国家森林公园，晚写于清水湾
2019 年 5 月 15 日修于北京

注释：

①上溯，逆着水流往上行。
②榛烟，指树丛中缭绕的云雾。
③奋荣，谓繁花怒放、草木争荣。

游百花岭[1] 七绝三首

（一）天池

高岭雨林涵沃泉，
涧流石阻咽溪喧。
灵池[2]畔舍空青影[3]，
居者鸥闲[4]欲简缘[5]？

2019 年 2 月 18 日于琼中百花岭
2019 年 5 月 16 日修于北京

注释：

①百花岭，位于琼中黎族苗族自治县县城营根镇西南，是五指山腹地的风景区。
②灵池，池的美称。
③青影，指青色的光影。
④鸥闲，谓鸥鸟闲暇自在。形容隐退者的悠闲生活。
⑤简缘，指简省俗缘，不预世事，以得清静之心，入逍遥之境。

（二）神树

万年神树[①]岭岑巅，
巨体龙态翠樾冠。
托养孳生植众盛[②]，
菩提星月[③]伴身边。

2019 年 2 月 18 日于琼中百花岭
2019 年 5 月 17 日修于北京

注释：

①神树，标示牌名称。
②众盛，气势盛大。
③菩提、星月，指示牌上树名。均指神树傍的两棵巨大古树。

（三）瀑布

天泓飞泻飘素练，
跌宕悬岩[1]挂谷帘[2]。
千仞长流琼瀑首，
霁峰[3]阳照更殊观[4]。

2019 年 2 月 18 日于琼中百花岭

2019 年 5 月 17 日修于北京

注释：

①悬岩，释义是悬崖

②谷帘，指瀑布。其状如帘，故名。

③霁峰，晴峰。

④殊观，奇观。指奇异美好的景象。

清水湾集锦

夜莺鸣啭人初醒，
细雨润泽芳草青。
椰舞婆娑招玉絮[①]，
卉木随在竞华荣。
朝烟锁翠笼岚岫，
鹏海[②]扬波送惠风。
画境诗天撷锦色，
熙阳煦物驻春容。

2019 年 3 月 21 日（春分）于海南清水湾

注释：

①玉絮，指絮云。
②鹏海，南海。鹏高举九天，远适南海，故称。

游览博鳌水城

翠岸雾纱山黛远，
佳观照水镜颠悬[①]。
鹭翔飞掠融天海，
洲渚乘流入甸园。
日暮馀晖浮漾影，
月升唱晚[②]返云帆。
烟霞孤胜[③]酣泼墨，
盛世鳌头[④]聚世贤[⑤]。

2019 年 4 月 4 日游览博鳌水城

2019 年 4 月 8 日于清水湾

注释：

①颠悬，倒悬。
②唱晚，渔舟唱晚。
③孤胜，独胜。
④鳌头，指博鳌亚洲论坛所在地。
⑤世贤，指博鳌亚洲论坛年会聚集世界知名政企人士。

浣溪沙·东屿岛[①]·博鳌亚洲论坛

环碧空灵咏万泉[②]，涛鸣孤韵唱明滩[③]。桃源琼岛[④]筑宣坛[⑤]。

聚贤鳌头凝智慧，真知见论纳深言。良猷懋业惠瀛寰。

2019年4月4日上午游览

2019年4月9日于清水湾

注释：

①东屿岛，位于琼海市博鳌镇，是三江（万泉河、龙滚河、九曲江）入海口处的一个小岛，曾被联合国教科文组织誉为世界河流入海口自然景观保存最完美的地方之一。这里亦是博鳌亚洲论坛的永久会址。

②万泉，指万泉河。

③明滩，指玉带滩。

④琼岛，海南岛。

⑤宣坛，此指论坛。

浣溪沙·夜半楼台纳凉

夜半楼台待过风，揉蓝鹊汉烁繁星。高悬皓月映苍穹。

邈廓[①]南瀛屏邃幕[②]，前湾[③]彻旦[④]耀渔灯[⑤]。潜林吟鸟唱天明。

2019 年 4 月 22 日凌晨于清水湾

2021 年 11 月 6 日修改于清水湾

注释：

①邈廓，犹辽阔。
②邃幕，厚重的大幕。比喻深沉的夜色。
③前湾，指清水湾。
④彻旦，犹彻晓。
⑤渔灯，指夜间在清水湾捕鱼的渔船上的灯火。

博鳌·万泉河畔

水韵山情诗意天，
迷蒙烟雨锁流川。
椰蹊榔陌闲花伴，
珠阁玉楼静翠[①]间。
倘若乡居皆此境，
何劳遍处觅桃源。
常足[②]愿欲[③]时颙望[④]，
两忘无羁自豫然。

2020 年 1 月 9 日于清水湾
2020 年 2 月 11 日修于清水湾

注释：

①静翠，纯净的翡翠般的绿色。
②常足，永远满足。
③愿欲，志愿、欲念。
④颙（yóng）望，凝望、抬头望。

浣溪纱·茶场春色

黛巘[①]澄岚雨霁新。穷登[②]送目寂无人，闲云淡雾彩虹晕。

幽鸟时鸣茶吐翠，梯坡芊蒨[③]色清纯。鼙丘碧秀占私春[④]。

2020年1月15日于清水湾

2020年2月17日修于清水湾

注释：

①黛巘，青黑色的山峰。
②穷登，攀登到最高处。
③芊蒨（qiān liàn），青盛貌。
④私春，偏爱春天。

庚子鼠年·立春·抗疫克艰

企想闲来好遍观，
禁足孤赏①做宅男。
当今众目凝江汉②，
疫病突发欲蔓延。
境域堵围防扩散，
举国奋战抗新冠。
把脉寻蹑③查源本，
殄灭妖魔定弭难④。
百业驰援怀大爱，
军民协力克时艰。
敬畏含生⑤虔恪守，
瘟神何奈阻春天。

2020 年 2 月 4 日（立春）于清水湾

注释：

①孤赏，独自玩赏。
②江汉，此处代指武汉。
③寻蹑，谓循踪探索。
④弭（mǐ）难，消除灾难。
⑤含生，一切有生命者。

水调歌头·候鸟飞天涯

晨晷[①]乘机去，碧海御云行。宛如大圣[②]游涉，鸾鹤[③]步天廷。隐见清光月桂，玉宇琼楼邃殿，梦幻入阆宫。今世须臾路，邻里可玄通[④]？

醒瞰望，临海角，见崖城[⑤]。观音[⑥]踏浪[⑦]莲界，遂望拜尊容。午落南溟[⑧]蓬岛[⑨]，秀草狂花翠影，涛韵送薰风。此乃真灵境[⑩]，岂止在瑶空[⑪]。

2019 年 11 月 13 日于北京至三亚空客 A300 飞机上

2020 年 3 月整理修改于清水湾

注释：

①晨晷（guǐ），清晨的时光。
②大圣，指小说《西游记》中的孙悟空。
③鸾鹤，鸾与鹤。相传为仙人所乘，借指神仙。
④玄通，谓与天相通。
⑤崖城，指三亚崖州城。
⑥观音，指三亚海上观音像。
⑦踏浪，观音像立于海中莲花座之上。
⑧南溟，南边的大海。
⑨蓬岛，喻指海南岛。
⑩灵境，泛指风景名胜之地。
⑪瑶空，明净的天空，有时指仙境。

读韩愈《赠唐衢》启赋

虎威爪锐生殊技，
劲韧徒搏①尤玮奇。
笼困绳牵其岂奈，
犹拘囹圄②凤为鸡。
机心当路③付执柄，
孤介④不阿遭绊鞿。
浩叹⑤是非谁念省⑥，
沧桑弘道⑦判曲直。

2020 年 2 月 28 日于清水湾

注释：

①徒搏，空手搏击。
②囹圄（líng yǔ），监狱。
③机心当路，化用柳宗元《旦携谢山人至愚池》“机心付当路”句意。
④孤介，耿直方正，不随流俗。
⑤浩叹，长叹、大声叹息。
⑥念省，知道、懂得。
⑦弘道，发扬真理，弘扬正道。

鹧鸪天·咏仙圣[①]·读韩愈《调张籍》启赋

李杜诗章万古长，史来无几所及强。翦翎[②]笼鸟酣吟咏，不遇平生路秽荒。

怀宿志，任颉颃[③]，程途坎坷愈轩昂。独行襟抱[④]心依旧，偶影[⑤]高情尽畅扬。

2020 年 3 月 1 日于清水湾

注释：

①仙圣，指诗仙李白和诗圣杜甫。
②翦翎，剪除羽翎。常以喻因受羁缚，才能不得伸展。
③颉颃（xié háng），鸟上下飞翔。引申为较量。
④襟抱，襟怀抱负。
⑤偶影，与影为偶，形容孤独。寓含李杜二人的意思。

请益[①]·奉和[②]《苏轼·减字木兰花·己卯儋耳春词》

沧桑变种？难觅天涯桃片[③]影。荔树花繁，晚果丹朱染绛天[④]。

徂迁匿迹？海角何寻杨柳[⑤]絮。芒果垂青[⑥]，幼少蔽体采见容[⑦]。

三州[⑧]逸记？宦海漂游春色异。醉笔[⑨]无雠[⑩]，误把儋州作内州[⑪]？

2020 年 3 月 20 日（春分）于清水湾

注释：

①请益，向人请教。
②奉和，做诗词与别人相唱和。
③桃片，桃花瓣。
④绛天，把天空染为红色。
⑤杨柳，古代诗词中“杨柳”意象不是指杨树，而是指柳树，一般是指垂柳。
⑥垂青，垂挂之意。此指垂挂着青色的小芒果。
⑦采见容，指采摘时才看见芒果的样子。
⑧三州，指苏轼“问汝平生功业，黄州惠州儋州。”
⑨醉笔，谓酒酣使笔，或吟诗作文，或写字绘画。因苏轼词中有“酒醒”句，故用“醉笔”。
⑩雠（chóu），校对文字。
⑪内州，内地的州。此实指“三州”。

重游吊罗山国家森林公园

曲驾攀崖榛樾路，
壑渊林籁[①]唱流泉。
涵濡[②]沐栉[③]染泼黛，
水穷岔山捧濬潭[④]。
岚岫[⑤]摩霄云幻化，
折峰倒挂霁波悬。
酣春[⑥]踏赏镜芳[⑦]艳，
候鸟孤鸿入洞天。

2020 年 3 月 24 日于清水湾

注释：

①林籁，谓风吹林木发出的声音。
②涵濡，滋润、沉浸。
③沐栉（zhì），犹“沐雨栉风”。
④濬潭，深潭。
⑤岚岫（xiù），犹岚峰。
⑥酣春，谓春意正浓。
⑦镜芳，镜湖边的花草。

黎寨·吊罗山大理乡

吊罗[①]盆地匿黎乡，
黛巘腾岚冲皓苍[②]。
阳煦云游空逐影，
椰榔倩俏发飘扬[③]。
涧溪灌沃[④]滋禾浪，
雪鹭飞鸣舒翥翔。
路傍庭前花竞放，
无忧禽宠步徉徜。
安得逸致幽真处，
岂必谩嗟[⑤]诗远方。

2020 年 3 月 24 日于清水湾

注释：

①吊罗，指陵水黎族自治县吊罗山深处。
②皓苍，天空。
③飘（yáo）扬，摇曳摆荡。
④灌沃，浇灌、滋润。
⑤谩嗟（màn jiē），空叹。

浣溪纱·读苏轼《八声甘州·寄参寥子》启吟

浩淼烟波浪渺绵[①]，潮归风去岸离言。旅程冷暖叹情缘。

世累[②]是非何所念，古今虚宠[③]过云烟。斜晖雨霁[④]彩虹天。

2020 年 3 月 29 日于清水湾

注释：

①渺绵，悠远，不尽貌。
②世累，世俗的牵累。
③虚宠，表面上的荣耀。
④雨霁，雨过天晴。

浣溪纱·读苏轼《满江红·寄鄂州朱使君寿昌》借吟

崔颢①鹤楼②诗意渊，谪仙③搁笔自㧑谦④。凤凰⑤盛作欲追攀。

狂士⑥不羁言自傲，嗟惜⑦放旷遇膺难⑧。汉阳鹦鹉⑨苇萧然。

2020 年 3 月 30 日于海南清水湾

注释：

①崔颢，唐朝著名诗人。
②鹤楼，指崔颢诗作《黄鹤楼》。
③谪（zhé）仙，专指李白。
④㧑（huī）谦，谓施行谦德。泛指谦逊。
⑤凤凰，指李白《登金陵凤凰台》诗。
⑥狂士，此处指东汉末年祢衡。
⑦嗟（jiē）惜，意思是嗟叹惋惜。
⑧膺（yīng）难，遭受死难。
⑨汉阳鹦鹉，指汉阳江边的鹦鹉洲。

读《唐宋八大家》感赋

唐宋骚坛①多俊彦②，
诗词文藻聚华章。
高情臆抱③难得展，
排陷④迁谪放远荒。
叹憾昔人抒寄意⑤，
嗟哉⑥来者话沧桑。
悲情浮世实随在，
感佩先贤奋震扬⑦。
风雨无妨皆过客，
人生甘苦尽谙尝。

2020 年 4 月 12 日于海南清水湾

注释：

①骚坛，诗坛。引申为文坛。
②俊彦，杰出之士、贤才。
③臆抱，胸怀抱负。
④排陷，排挤陷害。
⑤寄意，寄托或传达自己的心意。
⑥嗟哉，叹词。
⑦震扬，振作、振奋。

游览三亚水稻国家公园

黛岑[①]云碧洗瑶天，雪鹭跄扬[②]舒跰跹[③]。

花海缤纷织绚烂，长廊阡陌嵌漂田[④]。

惊川[⑤]拟古恐龙现，更喜青波金浪翻。

陶令[⑥]东篱得逸致，异人耕敛[⑦]战南繁[⑧]。

神农[⑨]禾下乘凉梦，稻作增殖绩斐然。

锦簇凭临亭憩赏，嬉春[⑩]怡目揽荣观。

2020年4月20日游览

2020年4月22日于海南清水湾

注释：

①黛岑，青黑色的山峰。

②跄（qiàng）扬，舞动貌。

③跰跹（bèng xiān），翩跹。

④漂田，水田。

⑤惊川，震动原野。

⑥陶令，指晋陶渊明。陶渊明曾任彭泽令，故称。

⑦耕敛，耕种与收获。

⑧南繁，南繁是指将水稻、玉米、棉花等夏季作物的育种材料，在当地秋季收获后，冬季拿到我国南方亚热带或热带地区进行繁殖和选育的方法。

⑨神农，此指袁隆平院士。

⑩嬉春，游乐于春光之中。

浣溪沙·万泉河轶闻

太子谪琼居渡头，士绅关照尽充周。资援媒妁伴浮舟。

知遇后来得顾报①，文宗继位任知州。万泉②赐号示还酬③。

2020 年 4 月 26 日于清水湾

2021 年 12 月 6 日于清水湾

注释：

①顾报，顾念、报答。
②万泉，即万泉河。据“万全”谐声而来。
③还酬，酬答。

清水湾晨曲

霜蟾西挂曦微[1]露，
复韵[2]柔波吻岸轻。
椰叶飒声无曳影，
沙滩信步寂孤行。
繁云蓊郁海暾[3]翳，
破雾倏然[4]旭日升。
此际喷礴霞灿焕，
鸟鸣晨曲诞新生。

2021 年 3 月 1 日于海南清水湾

2021 年 10 月整修于北京

注释：

①曦微，阳光微弱。多指清晨的日光。
②复韵，此喻连绵不断的同一节律的波浪拍岸声。
③海暾，海上旭日。
④倏然，忽然。形容极快。

浣溪沙·向晚垂钓

向晚轻霞境寂然，苍茫暮色袅岚烟。青山倒影映漪涟。

宿岸鸭鹅拨绿水，归栖雪鹭舞翩翾。蓑翁垂钓正犹酣。

2021 年 3 月 3 日于海南清水湾

2021 年 10 月整修于北京

浣溪纱·椰子岛[①]

曼舞婆娑晃曳空，随风娜袅靓姿容。清幽窈窕樾林行。

影湛波平[②]移水色，徘翔霜鹭点烟汀[③]。观潮闻海韵谐声。

2021 年 10 月 12 日整修于北京

注释：

①椰子岛，指三亚市藤桥镇海丰村椰子洲岛和陵水县椰子岛。
②影湛波平，化用苏轼《行香子·过七里濑》句。
③鹭点烟汀，化用苏轼《行香子·过七里濑》句。

浣溪纱·林中清池

照水阴荫倒影清。长流泉眼见无声。莲腮尖角立蜻蜓。

落地闲花轻惹眼，湿衣[1]细雨却含情。倾晖霁景[2]泛霞虹。

2019 年 11 月 18 日于海南清水湾

2021 年 10 月整修于北京

注释：

①湿衣，指细雨。
②霁景，雨后晴明的景色。

舟游新村疍家渔排

疍家逐水泛宅①居，
襟海枕山成梓乡②。
旭旦鳞波烟渚映，
渔排③丹顶④鹭徘翔。
纵横阡陌⑤舟楫涉，
耕海牧渔峨舸航。
暮色倾辉扬唱晚，
津头食客渡餐堂。
嘉鲜觞燕⑥仰星嘒⑦，
倒影橘黄俯镜光。
世易遗俗虽蜕嬗，
风情别样尚弥长。

2021 年 2 月 19 日于清水湾

2021 年 11 月 26 日修于清水湾

注释：

①泛宅，谓以船为家。
②梓乡，故乡。
③渔排，在渔排上搭建木屋，生产、生活都在渔排上，渔排连成片，木屋连成村。
④丹顶，指渔排木屋红色房顶。
⑤阡陌，指渔排之间的水道（街道）。
⑥觞燕，酒宴、饮宴。
⑦星嘒，明亮的星星。

鹊桥仙·山钦湾燕子洞①

金滩迤坦②，黑礁肆布，诡貌③千态罕见。象鼻④岩洞浪訇然，筑巢聚、冬栖旅燕。

苍岑翠幄，渔舟拢岸，霁色揉蓝碧湛。涵虚万顷水黏天，迥眺览、涛澜目满⑤。

2021年3月13日游记

2021年12月9日整修于清水湾

注释：

①山钦湾，位于万宁市龙滚镇境内。燕子洞，又称燕窝洞，深秋时节，北方的大批燕子向南迁来此筑巢过冬而得名，是山钦湾海岸高地向海边延伸的一处南北开口的狭小洞穴。

②迤坦，平坦绵延的样子。

③诡貌，奇特的形貌。

④象鼻，指燕子洞形似桂林象鼻山。

⑤目满，即满目。

浣溪纱·清心颐真

臻至稀年步静君①，浮生梦醒养颐真②。繁华胜事③不关身。

世路④难能皆惬顺⑤，荣枯进退守清心。虚声懒待化烟云。

2021 年 12 月 26 日于海南清水湾

注释：

①静君，屏除一切尘念的人。
②颐真，谓修养真性。
③胜事，美好快乐的事。
④世路，泛指人世间的道路。
⑤惬顺，顺心、如意。

笑谈辞穷觅因

登临[1]胜景发诗意，
寄兴[2]抒怀欲呕吟。
慕古[3]佳言咸用尽，
后人妙语找谁寻。

2021年12月18日于海南清水湾

注释：

①登临，登山临水，也泛指游览。
②寄兴，犹兴寄。寄寓情趣。
③慕古，仰慕古人。

登览红角岭[1]

香湾[2]岸畔林峦翠，
樾下拾阶栈道攀。
迂路[3]七亭[4]逐憩赏，
登高异位眺殊观[5]。
闲花点缀添情趣，
烈焰丹英[6]染锦山。
海际绵延扬雪浪，
鳞光焕烁耀安澜。

2022 年 2 月 6 日（正月初六）晚于清水湾

注释：

①红角岭，位于陵水县光坡镇。
②香湾，指香水湾。
③迂路，绕道。
④七亭，指登山沿途有 7 个供游人休憩观景的亭台。
⑤殊观，不同的景致。
⑥丹英，红色的花朵。此指盛开的木棉花。

闲游南湾

列峙三山夹两湾①，
天涯琼岛②最东南。
遐瞻浩淼涛澜涌，
眼底柔波吻坦滩。
点缀遗石激雪浪，
隅隈③澄静嬉童欢。
林岑④蓊郁栖珍兽，
岩趾⑤群猴索素餐。
孤松屹岸姿遒劲，
接浪迎风更傲然。
倘若闲情寻景趣⑥，
于斯不吝赐愉恬。

2022年2月8日（正月初八）晚于清水湾

注释：

①三山两湾，指陵水县新村对岸的猴岛、尖岭和虎岭之间的两个毗邻的海湾。
②琼岛，海南岛。
③隅隈（yú wēi），意思为角落和弯曲之处。
④林岑，险峻貌。泛指山林。
⑤岩趾，山脚。
⑥景趣，由景色而生的情趣。

鹧鸪天·五指山水库憩赏

穹宇云霞绘蔚蓝，婀娜椰曳舞瑶天。筠篁榛蒯[①]参差影，满树丹葩[②]妙笔端。

山黛远，碧泓涵[③]，移舟鹭点泛漪涟。清粼镜浦撷珍象[④]，画卷妖娆秀可餐[⑤]。

2022 年 2 月 10 日（正月初十）于清水湾

注释：

①榛蒯（kuǎi），丛生的蒯草。
②丹葩，指木棉花。
③泓涵，水深广貌。
④珍象，华美的景象。
⑤秀可餐，犹秀色可餐。

浣溪纱·登游黎安港门岭

孤岭[①]朝瀛守内湾，港门[②]隘口锁涛澜。舟泊系岸[③]得清安。

外眺挼蓝绵濒涌，无垠海色染寥天。临风顾眺似脱凡。

2022 年 3 月 10 日于清水湾

注释：

①孤岭，指港门岭，一座孤立的小山岭。
②港门，指黎安港出入海口。
③舟泊系岸，船停泊在岸边拴好绳索。

临江仙·新村疍家渔排

逐水枕波耕海，东曦[①]跃冉清涟。渔排屋盖染朱丹，轻楫[②]穿巷陌[③]，雪鹭伴樯帆。

日暮渔舟唱晚，鳞光倒影夕烟。观星望月尽欢言，船帮亲软浪[④]，耳语[⑤]伴酣甜[⑥]。

2022 年 3 月 11 日于海南清水湾

注释：

①东曦，初升的太阳。
②轻楫（jí），轻舟。
③巷陌，街巷的通称。此指水道。
④软浪，微弱的波浪。
⑤耳语，此指轻浪拍打船帮的声音。
⑥酣甜，酣甜的梦境。

遣闲[1]

云絮卷舒猜意韵，
潮汐涨落眺波澜。
走村访寨观殊裔[2]，
越涧行山赏瀑潺[3]。
步陌穿林瞻秀色，
暇余赋咏享言宣。
心得逸致寻别趣[4]，
孤影天涯自遣闲。

2020 年 3 月 15 日于清水湾

注释：

①遣闲，打发闲暇。
②殊裔，指边远少数民族地区。
③瀑潺，指瀑布与河流。
④别趣，特殊的意趣。

游龙沐湾[①]·观最美落日

埭岸舟楫落蚌帆，
夕阳逸照[②]映安澜。
银滩海面连穹昊，
昃日[③]燃灼染丽天。
焕烁烟霞浮烂蔚，
流云神迹镀金环。
涵空[④]灏漾揉光色，
顾眺苍垠[⑤]展壮颜。

2021年2月20日傍晚游记
2022年3月18日修于清水湾

注释：

①龙沐湾，位于海南省乐东黎族自治县佛罗镇。
②逸照，灿烂的光辉。
③昃（zè）日，斜日，喻迟暮。
④涵空，指水映天空。
⑤苍垠，指苍天之畔。

闲步清水湾旅游大道

灏渼沧瀛漾蔚蓝，
溟陬①翠渚望边前。
龙头探海②迎连浪，
滥塔③独标引雪帆。
鸥鹭翩翻逐碧宇，
轻舟羽棹④竞恬澜。
银滩草甸摇椰影，
玉树簪花⑤梦洞天。

2022年5月15日上午于清水湾莱弗士酒店海边景区

注释：

①溟陬（míng zōu），海角。
②龙头探海，指清水湾伸出海面的龙头岭。
③滥塔，湾内码头的航标灯塔。
④羽棹，飞舟、快船。
⑤玉树簪花，指鸡蛋花树、火焰花树和火凤凰树。花均盛开于树冠。

赤岭观海

临风赤岭[①]望三湾[②]，
清水歌沙[③]誉大寰。
彼岸海棠攒碧宇，
蓬瀛[④]敛翠[⑤]笼霏烟。
土福澹沲[⑥]浮漪涣，
泊港渔人驶峭帆。
浩淼沧波无际畔，
石垠[⑦]鱼浪[⑧]自清欢。

2022 年 5 月 22 日于清水湾赤岭

注释：

①赤岭，位于英州镇赤岭风景区清水湾和土福湾之间，隔岸三亚海棠湾，迎面南海。赤岭渔村是疍家渔民的聚居地。
②三湾，指清水湾、土福湾和海棠湾。
③歌沙，此指清水湾沙滩被誉为世界三大会唱歌的沙滩之一。
④蓬瀛，此指蜈支洲岛。
⑤敛翠，凝聚秀色。
⑥澹沲（dàn duò），荡漾貌。
⑦石垠，水边石岸。
⑧鱼浪，鳞纹细浪。

观澜[1]叹涛

苍茫演漾[2]连天际，
渺远[3]涛泷[4]涌漫澜[5]。
浩势千叠逼埭岸，
脱羁万马带流烟。
击石汩起[6]腾飞浪，
荡滥涤沙勇凯还[7]。
赴蹈延绵恒不断，
百折往复总翛然[8]。

2022 年 6 月 6 日晚于清水湾

注释：

①观澜，源于《孟子·尽心上》中的“观水有术，必观其澜”。喻意君子应有远大理想，应立志于道，但不到一定的程度不能得“道”。
②演漾，水波荡漾。
③渺远，遥远。
④涛泷，急流大波。
⑤漫澜，无边无际貌。
⑥汩（gǔ）起，涌起。
⑦凯还，犹凯旋。
⑧翛然，无拘无束的样子。